河出文庫

魚心あれば

釣りエッセイ傑作選

開高健

河出書房新社

目次

I　釣りたい

II　ミミズのたわごとではない

V　魚心あれば

魚心あれば　釣りエッセイ傑作選

Ⅰ　釣りたい

釣りたい

私は魚釣りが好きである。それも、海釣りよりは川釣りのほうが好きである。竿《さお》を片手に谷川を上流へ、上流へと一人でわたり歩いていくときの楽しさは、思うだけでぼうっとなってしまう。

鈍行の汽車で谷川のほとりをいくときは窓から顔がはなれないのである。巨岩のかげのとろりとした淵や、浅瀬のカケアガリや、藪に蔽われた深ンどなどをながめて、つぎつぎと、あそこは下手からこう攻めて、とか、ここは対岸からこうふりこんでなどと想像していると、うっとり時間を忘れてしまう。

私の知人の一人も釣り狂だった。この人はデザイナーで、いつも会社では部屋のすみっこに本箱や筆さしのかげへかくれるようにしてすわり、日曜日の釣りの計画を一人で練っていた。京都の奥の谷へアマゴを釣りにいくのだが、まず釣りの本と魚類図鑑を山と買いこんで調査にかかる。アマゴの習性、餌《えさ》、日本における分布状況、地方による釣り法のちがい、アマゴを呼ぶ方言のさまざま、といったことを細大漏らさず調べ、ノミのような字で手帳に書きこむのである。

そんなことをしなくても釣れることはわかっているのだが、そうするのが楽しくて楽しくてしかたないのである。おしりに手がまわらないほど太っているが、無口な人で、一日中ただアマゴのことばかり考えて、ウィスキー瓶のラヴェルの細字を描いていた。この人は数年前になくなったけれど、そのころには手帳は細字でギッシリ埋められて、ちょっとした魚類学者、民俗学者といってもよいほどになってしまっていた。

東京近郊の谷川ではどこまでいっても岩のかげに空罐、コカコラの瓶、紙くず、ビニール袋などがおちていて、釣るよりさきに気が滅入ってしまう。魚はヤマメ、ハヤなどだが、これがもうスレてスレて、どうしようもないくらいになっている。私の顔を見ると水底からでてきてアカンベェをして消えるのがいる。第一、魚より人間の数のほうが多くて、川によっては竿の藪のなかをかろうじて水が流れる、というようなところもあるくらい。

かねがね私は灘の生一本のモト酒を現場でヒシャクから飲みたい、松阪の和田金の本店で松阪牛を食べたい、それと、北海道の山奥でイワナを釣りたい、の三つを考えつづけてきた。苦心の甲斐あって、さきの二つはようやく遂げたが、北海道の釣りはまだなのである。何でも知床のほうへいくと、まるでスレていないイワナの尺余の大物がヘビを食べていると教えてくれた人がいる。

まだ北海道にはそんな出現直後の自然があるのだろうか。あるのなら、見たい。見たい。釣りたい。誰か経験のある方は御一報頂けませんでしょうか。私の住所は左のとおりです。

東京都杉並区井草4－8－14

水辺の破滅

別稿の冒頭にマス釣りの毛鉤《フライ》作りの練習をしていることを書いたけれど、もうちょっと補足しておきたい。

ふつうわが国で愛されている毛鉤の釣りはイワナ、ヤマメ、ハヤ、アユなどで、日光近辺の湖と川では古くから外人が持ちこんだせいもあってニジマス、パーレット・マスなどを洋式の毛鉤で釣っているが、まだまだ全国に知られていない。ハヤとアユ、ことにアユの毛鉤を釣道具屋へいってコレクションを見せてもらうと、その多彩、繊巧、華麗、眺めているだけで優に一時間や二時間、すぎてしまう。そこに集中された注意力、技巧、材料集めの苦心となると、私のようなノヴィス（初心者）でも、見ているだけで、ただならぬものを感じさせられて、何やら胸苦しくなってくるほどである。

書物の豪華版作りについてはずいぶんと苦心談を聞いているが、たとえばサケ釣りの一本の毛鉤についてつぎのような苦心譚を読まされると、一冊の書物と一本の毛鉤は狂気においてあっぱれ匹敵してくる。少し長いが引用してみよう。

「その擬餌を考えだすのに人間の思考は全世界をさがしまわったのだ。それは蚊針と呼ばれた。だが、それに似た蚊は空中にも水のなかにも存在しない。さきほど閃光を放った尾のつけ根は、ネヴァダの銀と台湾の蛾のまゆの糸からできていた。尾はインドのカラスの羽だった。胴の末端はアフリカのダチョウの黒い羽枝《うし》であり、胴体は黄色い真綿に、南アフリカのオオハシの朱色の胸毛と、銀糸で助骨状のうねをつけたマックルズフィールドの黒い絹糸とをまきつけたものである。さらに特別の魅力として、たくさんの鳥の羽でできた翼がついている。カナダのシチメンチョウ、日本のクジャク、アイルランドの白鳥、中国のキンケイ、ヘブリディーズ諸島のさまざまなカモの類である。蚊針の喉はイギリスの斑入りのニワトリの羽であり、横腹はベンガルのジャングルに棲《す》むオンドリの首の羽、頬はフランスのカワセミの羽毛、触角はアマゾンのマコーの尻尾の羽だった。ワックスやワニスやエナメルがそれらの羽毛を固めていた。それは眠そうなサケや活気のないサケを誘惑しようとして、人間の作りだした河畔の呪文のひとつであった」

T・E・ロレンスの友人であったH・ウィリアムスンという作家の、大西洋サケの一生についての本の一節である。この毛鉤は〝ジョック・スコット〟と呼ばれ、船酔いをまぎらすためにいじっているうちに生まれたといわれているが、二世紀間釣師たちから珍重され、いまでもハーディー兄弟商会で作られ、売られている。とても〆切日に追われたやっつけ仕事ではできない即興の多彩と狂想の豪奢がある。〝玩物喪志〟もここまでくると、脱帽して一歩しりぞき、ただ観察するしかない。

昨年の三月の末、奥日光の丸沼へいってみた。ここはさほど大きくない湖だが、高みから見おろすと、森のなかの鏡と眼に映る湖である。腰まであるゴム長のうらにワラジをつけてそろりそろり、沈木と岩のかさなりあう崖をおりていき、水量が減ったために背をさらけだした湖底の泥をわたる。鳥も鳴かず、虫も飛ばず、空はたえまなく晴れたり、曇ったりし、雨は骨まで沁みる氷雨であった。湖には半ば氷が張りつめ、水の冷酷な緑は白人の老婆の徹底的にさめきった眼のそれを思わせた。そこへステンレスで小魚の形を模した擬餌鉤《ばり》を投げては巻きとり、投げては巻きとりしていると、三時間めに、六五センチの雄のニジマスが誘いに落ちた。野生にもどったニジマスの老武者としての大跳躍、死闘、徹底的な抵抗ぶりには、息をつまらせられる。サケのようにたくましく鼻が曲り、頬にあざやかな紅を染め、彼は湖の静寂を右から左へ、左から右へと跳躍でやぶり、虹の水しぶきをたてて、まさに冷気の純粋結晶として格闘するのである。それを撓《た》め、こなし、やったり、とったり、必死、なけなしの技術と反射で応対して、仕止めてみると、快感よりは畏敬をおぼえさせられる。

書きおろしの仕事のために、ほぼ一年、家にたれこめるだけの生活をしてみると、腰や足から力がぬけて、萎《な》えそうになってきたので、それに不安をおぼえて釣りをはじめたのだったが、深奥な魅力にとりつかれた。アフリカの戦争や中東の戦争を目撃するための旅程であちらこちらと途中下車して釣りをしつつ流れていく旅行を去年試みたが、アラスカの荒野の川でキング・サケが赤銅色の胴を輝やかせてザブーンと波音たてて糸と格闘する凄さには全身をふるいたたせるものがあって、光輝と展開、これ以上の無垢のよろこびはなかった。キングは精悍そのものだが徹底した個人主義者で、孤独と冷酷をきわめた放浪の生涯を送る魚だが、一匹ずつ闘争法が異なるから、釣師は一瞬一瞬、おろおろしながら反応しなければならない。全身と全心でたたかわなければならない。川岸の後方にひしめくお世辞、ゴマすり、挨拶、ウソ、思わせぶり、まなざし、ことば、匂い、ハッタリ、仲間ぼめ、思いつき、衒《てら》い、無智ゆえの昂揚、何ひとつ信じていないくせにそれゆえいよいよかさねたくなる、はかない壮語、ほころびだらけの教養、ことばの酔い、三カ月と持続しないスローガン、ヒトの世をわたるについてのそういう不可欠、哀切の知恵が、水ぎわではまったく用をなさない。それを知ったらさいご、病人となる。

クジラを拾う話

子供の頃の記憶をまさぐってみると、昔の町内には少しアタマのあたたかい変人や奇人や〝バカ〟と呼ばれる人がきっと、どこにも、一人は棲《す》んでいたような気がする。その人びとの無邪気な、または無償の、言動の逸脱ぶりがその町々の住民諸氏を微笑させ、にぎわし、たのしませ、なぐさめていた。いささか誇張していうとこの人びとは町の吟遊詩人というところであった。

けれど、いまは町内どころか、新聞社にも、出版社にも、芸能界にも、文壇にも、ほとんど見られなくなってしまったような気がする。逸脱した言動をする人物はたくさんいるけれど、たいていは無償でなく、何かしら裏の読める気のする〝看板〟であることが多くて、〝営業用〟なのだから、あざとくて薄ら寒いばかりである。何しろこういう世界は仮面と素顔のけじめが本人を含めて誰にもわからないので、たとえ本音の無償の逸脱があったとしても、注目しないほうが誰のタメにもいいのである。

しかし、在野ではこのセチがらい世のなかにどうしてこんなことがと眼を瞠《みは》りたくなるような人物が諸国にいまでもちらちら見られる。釣りをするようになってからよくその種の無垢人と出会うようになり、ひそかに私はメモをとりはじめた。これは意地わるい、品のよくないことだと思いはするが、いっぽう、無垢ぶりにうたれればこそなのだと、自分にいい聞かせることにしている。いつか私はメモがたまったら無垢の無名氏の列伝を書こうかと思っている。

　北海道は釧路市のはずれの海岸に棲む某氏の場合はまだまだ豊饒な闇のなかに埋もれていて、ほとんどわかっていないといったほうがよいくらいなのだが、はなはだしく好ましい刺激をうけたので、簡単にスケッチしてみたい。この人は釣師ではないけれど釣りにいくのでなかったらとても出会えなかっただろうと思う。野生のタンチョウヅルやミンクが棲んでいる大湿原へ佐々木栄松画伯にイトウ釣りにつれていってもらったとき、この人が船頭を買ってでて、それで知りあいになったのである。

　この人は一生を〝定職〟につかないでうっちゃってき、おそらく今後もそうではあるまいかと推察される。もっとも得意としたのはサケの密漁であったが、それも、何を思ってか、ある朝からとつぜん密漁取締人に転向した。大湿原が人物の舞台で、ここは五万ヘクタールからある茫々《ぼうぼう》とした原野。葦がまるでヤブのように茂っていて、ツンドラにうっかり踏みこむと〝ヤチの目〟と呼ばれる穴に音なく全身を呑まれてしまう危険がある。人物はその葦とツンドラと川の大原野のなかを小舟でいったりきたりして札幌あたりから繰りこんでくるヤアさまの密漁師とイタチごっこをやっている。密漁師はギャング鉤《かぎ》で川をひっ掻いてゴロ引きの要領でサケをひっかけるのだが、その場でサケの腹をひらき、筋子《すじこ》だけぬきとってスーツケースに入れ、身を川へ捨ててしまうというようなことをする。

人物は町はずれの海岸に手作りの家を建てて棲んでいる。それも流木だとか、漂流箱だとか、線路の枕木というような事物で構築したものであって、外観は難破船に似ているが、北辺のすごい寒風、強雨によく耐えて、ビクともしないのである。内部に一歩入ってみると外来者は注意深い人もそうでない人も薄暗がりとゴタゴタのために何が何やら、ただ無明の混沌か、ひっくりかえったオモチャ箱を見るような思いをする。しかし、すすめられるままにすわって粗茶か焼酎をすすっていると、鍋だろうと、灰皿だろうと、お茶碗だろうと、何だろうと、よしんば便器であっても、いっさいの事物がすわったまま手をのばしただけでとれる位置に配ってあって、股のなかからでてきたりすることを発見して、あなたはほのぼのとした気持になれるのである。

人物は海の分泌物で小屋を作ったが、このあたりの海は手荒いけれどまだまだ強壮な母である。あらしがあると、翌朝、海岸へでてみれば、家の材料のほかに、トラック一杯ものホッキ貝を拾ったりすることがあるという。眉にツバをぬりたくなるような話をなにげない口調でずいぶん聞かせられて、たのしい炉辺談であった。ときにはクジラをまるまる一頭拾ったこともあるという。クジラの種類を聞くのをうっかりして忘れてしまったが、こういう話を聞いていると、〝北海道だ〟という実感にしばし、シビれてくる。札幌や函館あたりではとうてい出会うことのできない、めざましい異物感と衝突できるのである。

クジラは法律では最初に見つけた人のものになるとされているらしい。〝拾得物〟である。そこで人物は偉大な朝を直覚し、感動して、〝オレのもんだ！〟と叫んだ。そしていちもくさんに佐々木画伯の家にかけつけて酒盛りをしたいのでと、胸を張って借金を申しこんだ。さっそく流木小屋に類や友を呼び集め、飲んで、騒いで、笑って、眠りこけた。それから二日酔いをこらえこらえ浜にでていって、クジラを解体にかかったところ、さきほどまでの大いなる稚《おさな》き哄笑は一掃されてしまった。クジラは全身がすでに腐りきっていてどうにもこうにも手がつけられなくなっていたそうである。借金を一掃できると思っていたのに、あべこべに、またまた背負いこむこととなってしまった。そのためにまたしても飲んで、騒ぐこととなった。

こうして大湿原と海だけにたより、ハックルベリ・フィンのようにして暮してきたので、人物は口数が少ないけれど、きれいな眼をしている。にごりようがないのである。笑うと、とてもいい顔になる。「一度はソ満国境で死んだ身と思えば」というのが口癖で、舟を漕《こ》いだり、刺身を作ったりするのにも、ふたことめにはきっとそうつぶやくのである。この人と話をしていると私はその肩のあたりに広大な薄明がひろがるのを感ずる。

自然への希求

《自然》もさまざまである。

ふつう私たちは《自然》というと《文明》を思いだし、《文明》というと《自然》を思いだす反射を持っている。この二つはいつも潜在的にか顕在的にか、私たちの薄暗いこころのなかで併存、対立、または融合の関係で知覚されている。汚染が浸透して破滅が指摘され、論じられるようになってからはこの二つのうちの一つが急速に減退しはじめ、その反動として私たちは《自然》なるものにたいしてひどく感じやすくなったが、その感じやすさのなかには滅びゆく白鳥としてのそれがおびただしくある気配であり、全身心をあげて感ずるということが困難になっているのではあるまいかと思われる気配がある。だから感じているといい、そこから出発して考えているのだという人は多いけれど、じつは大半の人が《感じている》ということばを使えるほどの深さで感ずることができなくなっていて、したがって、《考える》ということばを使えるほどに考えることもしないし、できなくなっているのではないかと思われる。

ガラスとコンクリートの箱のなかに棲《す》まわせられて人びとは日曜の朝の窓ぎわのバラの花に眼をひらき、こころを吸われはするが、だといって窓のそとにたちこめるスモッグはものうく眺めるだけですごしてしまう習慣にある。私たちは、毎日、緩慢に腐敗しつつあり、緩慢に自殺しつつある。

《自然》と《文明》という二つの単語を見るときまってうかんでくるイメージが私にある。

パリのような首都、ミュンヘンのような地方都市、その他、ヨーロッパならどこでもいいけれど、地上を汽車や自動車で入っていくのではよくわからないが、空から入っていったときには、きまったように一つの光景がフラップをおろした巨大な金属の翼のしたにひろがるのである。無数の石灰質の貝殻がすみからすみまではびこった一つの大きな岩があって、そのまわりに牧場と畑と森が海のようにひろがっているという光景である。貝殻に蔽われた岩が都市であり、《自然》がそのまわりにとめどなくひろがる海である。この《自然》は畑であり、牧場であり、森であるので、そして永い時間のうちに徹底的に手を加えられたものであるから、はたして《自然》と呼んでいいかどうかにはためらいをおぼえる。むしろ私は日頃から都市も《自然》の一部――硬化し、角質化した一部だが――と感じている。

大半のヨーロッパの都市は疫病と外敵をふせぐための城として発生し、構想され、設計されたことはいまさらいうまでもないが、空から鳥の眼で見おろすと、城である市が点と見え、城壁外の畑が面と見え、その、面のなかに点がクッキリと独立排除的に散在している様子が、じつによくわかるので、何度見ても見あきることがない。市から、城から、そとへでてみると、広大な沃野《よくや》がゆるやかな波をうってうねり、ひろがっていて、イタチ、ウサギ、キツネ、しばしば森かげからはシカがとびだしてきたりする。畑や牧場や森を《自然》と呼ぶか《人工》と呼ぶかにけたちどまらざるを得ないけれど、それがこうした野生の動物たちをたっぷりと棲まわせ、内蔵していることに、いつも私は感銘をうけるのである。これらの野生動物たちを野生の姿のままでわが国で見ようと思えばどこまでいかなければならないか。その不幸を思うと、いつも、胸にヘドロのようなものが流れる。

はじめてウィーンへいったときに、いわゆる〝ヴィーナーバルト〟（ウィーンの森）のなかにグリンチングといって全村ことごとく居酒屋だという村があるので、夜になってそこへ飲みにでかけた。自動車が森のなかの坂をのぼっていくときに灯のなかで木の幹を目撃し、それがことごとく〝鬱蒼〟といってよいほどの太く、たくましく、剛健な老木であることを知って、私はショックをおぼえた。それまではシュトラウスのワルツを考えて、かわいい、さわやかな、若い娘の腋毛ぐらいの森を考えていたのだが、とてもそんなものではない。しばしば深さの知れない威迫を感ずる。強大なヒゲもじゃの巨人といっていいくらいのものである。わが国でこれくらいの質と量のある森を求めるとなると高野山や屋久島あたりまでいかなければならないのではないかと思った。それが一国の首都の、まぎれもない現代の都市の、すぐそとにさりげなくある。しかもけっしてそれはウィーンだけの特産ではないのである。こういうものをさして〝バルト〟といい〝フォレ〟といい、〝フォレスト〟と呼び、日本語に訳して〝森〟といってるのであるが、日本ならひょっとしたら〝密林〟と呼んでもいいくらいのものである。すると、小説、詩、劇、エッセイ、論文の類、これまでに無数に読んできたもののなかにあった〝森〟というものをことごとく私は誤解していたということになる。たとえば〝森の恋〟と〝密林の恋〟とではひどくイメージの質がちがってしまうはずであるが、これでいいのだろうか。そしてである。〝森〟ひとつにしてもアチラとコチラとでこうもかけはなれたものであるのならば、いったいその他の数知れないことはどうなるのだろうか……と考えていくと、皮膚の内と外の全面積に雪《な》崩《だ》れ現象に似たものが起るのを感じずにはいられなかった。いちいち書かなかったけれど、こういうことがじつにおびただしくある。旅をすればするだけうかつに口がきけなくなってくる。

　大都市の郊外であれ、田舎であれ、どこで二回もの〝世界大戦〟がおこなわれたのだろうかとあやしみたくなるような、無傷と思いたくなるほどの深い自然があるのを見ることがたびかさなったので、いまの私は、うかつに口をきけたものではないという感想と、いささかヤケクソじみているが、いよいよ口をききたくなるという衝動の二つが併存していて、あらそいあうことが多い。この十年間にヨーロッパもずいぶん変って、面と点、畑と城、海と岩といった、古典的な、整序された対立は急速にいたるところで変貌しつつある。点は点であるよりは点からあふれだして流出していくインキのしみとなり、巨大アパート群や工場地や小住宅区などが岩の輪郭を崩しつつあり、海へ石灰質が浸透し、根を張りめぐらし、たがいにつながりあって、アミーバのように増殖しつつある。どこにでも見られる崩壊と氾濫がこの地帯でも避けられなくなっているのである。空からそれを目撃するたび、奇妙な親しさとわびしさを同時におぼえずにはいられない。かりに木または森だけについていうと、老木としてはおしなべて〝何百年〟といいたくなるくらいのが濃密に茂っているのであるから、それから推算して人びとはこの何百年ものあいだ戦火、疫病、飢餓、さまざまな災禍から自然を守り、守るという以上に増殖につとめてきたはずだと思われ、その英知と工夫の伝統としての肉厚な力が、新しい石灰質の時代の進出と氾濫をある限界できっと食いとめるにちがいあるまいと、漠然とながらも期待したいところである。けれど、いっぽう、人はたいてい昨日にたいするときほど今日と明日にたいして賢くなることができないものなのだという古今東西の鉄則を考えると、その期待もよろめきそうになる。

あてどないわびしさや不安はそこからわいてくる。

《文明》は《自然》の一部なのだという感じかたから眺めると、公園や、窓ぎわにおかれたゼラニウムの鉢のことなどを思いかえしたくなる。ブーローニュの森やリュクサンブールの公園にも〝何百年〟と経ったたくましい木が密生していて、人びとを愉しませている。けれど、パリ市内で庭つきの家に住んでいる人はごくわずかである。公園には土と木があるが、個人はアパルトマンに住んでいて、市は石灰質の甲羅でビッシリ、厚く、堅く蔽われ、ペンペン草一本這いだすスキもないのである。市は空と地下にむかって発達してきたのである。個人の家に庭を持つのは都市内ではとほうもない贅沢であり、逸脱なのである。庭にする面積はことごとく石やコンクリートで埋められてアパルトマンとなる。そのかわり、それらの面積を一カ所に集中して公園をつくり、それをあちらこちらに配置してきたのである。だから、公園は、個人がめいめい自分の家のなかにつくるはずだった庭の面積を公共体に寄附してつくられたものだという見方をすることができる。この意識が骨にしみているから公園をみんなは自分の家の庭として清潔に保とうとするのはあたりまえのことだと見ることができる。自分の家の庭を持つことができなくなった人びとはゼラニウムの鉢を買ってきて窓ぎわにおく。パリ市内にある花屋の数はたいへんなものになるだろうと思うが、あれは花を売りながら、じつは庭を小さくして切り売りしているのだと見たほうがいいのかもしれない。寒くて、暗くて、つらく、ジメジメした、あのヨーロッパの苛酷な冬を経験したことのある人なら、花屋は庭を切り売りしているのだといってもことばのたわむれとはとらないであろう。庭は窓ぎわの一鉢のなかにしかないのである。そうするよりほか現代都市はどうしようもない。〝土への郷愁〟は一鉢と公園でみたすしかないのである。それがどこまで覚悟できているか、いないか。《感ずる》ことができるか、どうか。

オリンピックのあった年のことだから、いまはずいぶん相貌が変ってしまったことと覚悟しなければなるまいと思うが、ヘリコプターにのって上空から東京を見て歩いたことがあった。ヘリコプターは新宿のあるデパートの屋上が発着場になっていて、そこからとびたつのである。たしか、HU－1型ではなかったか。その日はかなり晴れていたので、何時間も、東西南北、あらゆる方角へとんで歩いた。その結果、二つのことが私を愕《おど》ろかせもし、まったく新しく知ることだと眼をひらかせもした。一つは、東京には道路がないということ。もう一つは、東京は意外に緑の都だということである。無数の石灰質の、フジツボのような屋根が四方八方へ、とめどなく、秩序なく、放埒に、ただはびこるままにはびこっている。都の外に平野がないわけではないが、それもまた多島海のように町を散在させているので、〝海〟のイメージはない。したがって、岩と海という、あの独立排除的な対立の構図は見られず、むしろその比喩を延長するなら、東京は海がないのだから、干潟というべきであった。ただ干潟のようにフジツボの大群落が巨大な眼なく顔なきアミーバとなってひろがっているのだった。一本、二本、三本の幹線道路や鉄道が数えられたが、あとはその高さからだと、道路といえるものが何ひとつとして見えなかった。ひたすら石灰質の尨大《ぼうだい》な甲羅があるきりだった。そして、意外に緑の都だというのは、日本人の気質をよくあらわしている事実であった。黄や赤や茶の化学煙霧に蔽われた臨海工業地帯はべつとして、その他の区では、どの家も、ネコの額ほどの庭をつくって、何でもいい、きっと一本以上の木を植えているのである。自分の住む建坪を半坪でもいい、一坪でもいい、ギセイにして、それを庭にしようとする。寝る場所を狭くしてでも庭をつくろうとするのである。その一本、二本、三本のはかない緑が、道路の見えなくなる高度からでは、一つにかたまって見えてきて、全体としては〝緑の都〟と見えるのである。東京ほどの都市で自分の家に庭をつくろうとするのはヨーロッパから見れば想像のしようもない贅沢である。庭は公園に集約し、ゼラニウムの鉢に濃縮するしかないのに、ここでは誰も彼もが、大小をべつとして、庭を、木を、土を持とうとしているのである。首都であり、同時に工場都市でもある界域で郊外別荘地の気分を味わおうとしているのである。そのめいめいの庭をみんながギセイにして公共体に提供するならずいぶんの面積の公園と道路ができるだろうに……と思われるが、いまだかつてそのような提案がされたということを聞いたタメシがない。だから、この朦朧《もうろう》とした、わびしい緑のひろがりは、私たちの無知、無覚悟、我執のひろがりでもあると見えるのであった。一年中、日光がよく射していて、年ごとに冬もあたたかくなるいっぽうの日本では、パリやボンやロンドンのように《春ガキタ！》という、ケジメのある感覚がないので、花屋へスズランを買いに走ることもなく、ゼラニウムの花びらに眼を吸いとられることもない。ヨーロッパほど《自然》から遠くて、そのために対立、拮抗、忍耐を通してそれを熱く求めるということもなく、東南アジアのように《自然》におぼれるほど近くもないので、脅威や季節として知ることもない。

＊

釣りをするようになってからずいぶんいろいろなことを勉強した。

私が釣りをはじめたのは書きおろしの仕事をしているうちに三カ月も六カ月も家のなかにこもってすわったきりだものだから極度の運動不足になり、足や腰から力がぬけて、萎えたようになったからだった。それで、少年時代には夜も昼もなく熱中し、おとなになってからすっかり忘れてしまった釣りを再開してみようという気になったのである。某誌編集部に話をもちかけ、日本全国を釣って歩くから、旅としてその原稿を書きます。毎月一度、一週間くらい、誘いだしにきてください。むりやりつれだしてもらわないことにはなかなか出られないのです。ＯＫ？……と交渉すると、人間通《つう》の編集員がそろっていて近頃稀れに優しいということで知られているその編集部は、ただちにＯＫ！……となったのである。その仕事を一年近くやってみたら、足や腰に力がもどり、書きおろしの仕事もどうやらすすんで、いい結果が生まれたのだが、あべこべに火もついてしまい、翌年はアラスカのキング・サーモンをふりだしに、途中でビアフラやアラブ×イスラエル抗争を観察しながらだったけれど、とうとう地球を半周してしまった。どうやらこの火は当分おさまりそうに見えない。

釣りをすると、いままで見えなかった川や、湖や、海のことが、じつにおびただしく見えてくる。花、鳥、虫、獣を見る目的をもって山野を歩きまわる人はただのハイカーよりはるかに鋭い耳と大きな眼を持っていることになり、一つの山が三つにも四つにもなる。私の友人の矢口純は女と文学と酒にくわしいが、花と鳥にもおどろくほどくわしくて、充実した四十代末期を、日々愉しんですごしている人物である。彼は国立《くにたち》に豪美邸をかまえて優雅に季節を送迎しているが、住み暮すうちに、何種類かの渡り鳥の航路がちょうど自邸のうえを通過していることを知った。それで、その季節になると、双眼鏡を手にして屋根へよじのぼり、いちばん高いところにまたがって、一日じゅう風に吹かれながら空を眺めている。そして鳥がやってくると、双眼鏡で眺め、耳を澄ます。

翌日、私に会うと、粗茶をすすりつつ

「……昨日、ガンがわたっていった。あれが今年さいごかもしれないけれど、まだもう少しあとがつづきそうにも思える。予感がします。それが明日か、明後日か、それとも一週間後になるか。そこがわかりません。匂うようで匂ってこない。私は気がかりだから、明日は会社をちょっと休ませていただいて」

「屋根にのぼるの？」

「ええ」

「一日じゅう？」

「鳴声が聞こえたときはもうおそい」

「なるほど」

「鳴声も何もしないときはどうしようもない。誰も教えてくれないしね。こういう時代だ。誰が空をだまってわたっていく鳥なんかに気がつきますか。私はお弁当をつくって、ウィスキーを持って、ちびちびやりながら待つことにします。屋根のうえというものは、拙宅のなど、お話にならないけど、それでもあれで、なかなか冷めたいのですよ」

そういうわけで、この人、毎年、渡り鳥の往き帰りの季節になると、屋根へあがって御機嫌になるのである。私たちはガクがあるから映画で教えられなくたって、ずっと昔に、『屋根の上のヴァイオリン弾き』を知っている。矢口氏のことを『屋根の上のヤグチ』と呼ぶようになってからも、もうひさしいのである。こういう人をこそ〝アルビテェル・エレガンシャルム〟（粋判官）というのだろうかと、評価が定着した。《自然》への参加も矢口氏ほどになると歳月と経験が惜しみなくかけてあり、身銭を切ったかけがえのなさがあるので、冷暗な地下酒庫でたっぷりと寝かせた上質のぶどう酒をすするような思いで話に耳をかたむけることができる。こういう人にとっての空や、森や、山には他の人にとうてい見ることのできない顔と地図があるわけで、この人だけが知っているのだし、持っているのである。あるときこの人は数寄屋橋を白昼歩いていて、あの東京一の人ごみと騒音のなかをかいくぐり、空からふと落ちてきた鳥の声をすばやくつかまえて、

「あ、ムクドリだ」

といった。

いっしょに歩いていた若者がそれを聞いて失笑したが、もう一人、これは敗戦以来ずっと日本に住みついているテキサス生まれのアメリカ人だが、その男は失笑しなかった。鳥の名は知らないけれど、朝日新聞の屋上に野生の鳥がいつからか棲みついている。ボクはよく知っている。あれは朝日新聞の屋上で、もとは伝書バトの鳩舎のあった場所だ。ヤグチさんは正しい。そういって若者に説明した。失笑した若者はそれ

を聞いてだまってしまった。首をふって、かるく息をついた。

　矢口氏は優しく説明した。

「……東京で冬を越すムクドリは、毎年、十一月十五日頃にやってきて、翌年の三月二十五日頃に去っていくのだよ。だいたい毎年きまっているものだ。あのムクドリが朝日の屋上を巣にしているのなら餌場は宮城《きゅうじょう》か羽田附近の埋立地だろうね。こまかくさがせば東京にも野鳥は棲んでいるのだよ。近頃はキジバトも都内にもどっています」

　私はマスやイワナを釣りに山へ入っていくたびにこのエピソードを思いだす。釣師も水、岩、虫、森、空、山を読みとって自分だけにわかる地図をつくらねばならないのであるが、私はまだかけだしだから、矢口氏ほどに読め、眺め、聞けるようになるには、あと十年はかかることだろうと思う。

　気力や体力が何とか充電されてあるときに釣りにでかけると、釣った魚にたいして傲慢になりやすい。小さいじゃないかとか、数がでないじゃないかとか、形がわるいじゃないかとか、不平をならべたくなるのである。けれど、こころに傷があり、思いぞ屈することがあり、絶望にあてどなく吸いこまれたり、憎悪の酸で腐敗していたり、そういうときにようようの思いで家をでて山へ入っていくと、えてしてイワナ、ヤマメ、マスなど、サケ科の魚は冷雨が降っていながらムシムシじめじめと蒸すようでもある、人にとってイヤな天候のときにかぎって釣れるものだから、いよいよ腐敗が進行する。眼に見えない無数の菌糸にからみとられたようになってくる。焦燥がこみあげ、妄想にくるいそうになり、自身を保てなくなる。山の雨はつらいものである。風もきびしいものである。ほんとの〝雨〟だし、〝風〟だしするものだから、そこで味わう頽落は眼のそらしようがないのである。ゼロ地点。いよいよそれか。もうオレもここで。ダメか。追いつかれたか。落伍したか。そう思いかけている黄昏《たそがれ》の、陽のさいごの一滴を淵に凝視する、その一瞬にグイと竿を、ふいにひったくられると、ヘタヘタとなりそうである。ついで全身が炸裂しそうになる。声をあげたくなる。のしかかっていた山が後退する。影が優しくなる。部分が全体にもどる。形がよみがえる。私は更新される。魚を注意深くひきよせ、手を濡らしておいてからつかみ、いそいそと鉤《はり》をはずして逃してやる。

こういうときは不平の生ずる穴などないのである。いっさいの批評が蒸発するのである。《運命》を感ずることはときどきあるけれど私は信仰心を抱いたことがないし、その衝動をおぼえたこともなかった。師や、教会や、党などにいそいそとでかけていく人びとがうらやましくてならなかったが、私はどこへでかけていいのか知らなかったし、いまも知らないのである。だから、いささか大げさであるが、森が私にとっての、たったひとつの伽藍《カテドラル》なのだということが、いえそうに思う。森をぬけて湖へいき、そこで更新されるしかないのである。古シャツ。古ズボン。ヒゲがのび、爪がよごれ、全身氷雨でぐしょ濡れ。風景のなかのしみとしかいいようのない、ひどいありさまだが、一瞬で私は輝やく虚無となることができるのである。

　ある年の晩春から夏いっぱい、そして九月まで、私は新潟県の山奥の銀山湖で暮したことがある。いまはトンネルが通じたし、鉄道も通じ、電気もきたし、道がアスファルトになりもしたしで、一変してしまったが、当時は何もなかった。村杉小屋に寝泊りしていたのだが、夜も九時までは重油の自家発電機で灯がつくけれど、それ以後はランプをたよりにするしかなかったのである。電気冷蔵庫がないから食料の保存をすることができず、小屋の主人夫婦は沢へでかけて残雪を掘ってきたり、夏になると渓流に沈めて冷《ひ》やしたりした。山の人たちは食生活がどうしてもとぼしくなって貧栄養になるので、マーガリンやバターを御飯のオカズにする。肉だの、何だのは保存できないし、カサばるし、財布をペチャンコにするので、小さい濃縮物がちょうどいいのである。私は子供のときからずいぶんいろいろなものをサカナにして酒を飲んできたが、マーガリンをサカナにして飲むのはこれがはじめての経験であった。ルンペン・ストーブのよこにあぐらをかいて、マーガリンをペロリとひと舐めして焼酎をひとくちすすり、クマ、ニホンカモシカ、タヌキなどの話を聞きながら、またマーガリンを舐め、焼酎をすするのであった。水道栓をひねるとコップのなかへ蛇口から小さなサンショウウオがとびこんできたりするので、たのしいったらなかった。

山歩きをしていてもそうだし、釣りをしていてもそうだが、ときどき自分のなかに湖が入りこんでいる、川が入りこんでいる、山が入りこんでいると感ずる日があり、瞬間がある。そういうときは自由に、思うままに魚をさそいだすことができるかというと、かならずしもそうとはかぎらない。体のなかに渓流も岩もブナの原生林も、すっかり入りきっていると感じられるのに魚だけが不在だということもよくあるのである。そういう日の夕暮れは山を内蔵したままで宿へひきあげる。山も魚も内蔵されていない黄昏にくらべれば欠損しているものが骨までにがくさせるほどにひびいてくるということはないけれど、それでもうつろでさびしいものである。これが、渓流、岩、ブナの原生林、ウグイスの鳴声、すべてがその位置のままで私の体内に内蔵されたと感じられ、しかも毛鉤がのびのびと走ってくれて、まずまずは思ったとおりといった確度で魚がピシャリ、ピシャリと水を裂いてくれるとなると、意識も、ことばも、妄想も、すべてが消えてしまう。透明になる。気化するのである。《昇華》の瞬間といっていいだろう。これはスタンダールがザルツブルグの塩坑に投げこんだ枯木がしばらくたってキラキラと塩の結晶で樹氷のように輝やくのを見て恋や芸術の作用に転用した単語であるが、数カ月、一夏《ひとなつ》をすごしても、じつにわずかしか発生してくれなかった。その拈華微笑《ねんげみしょう》の一点に到達しようとしてああでもない、こうでもないと努力し、工夫を凝《こ》らし、ときにはそんなふうにかまえるのがいけないのだと思ってただ待とう、待とうといい聞かせてみたりした。それにくたびれて、またこころをうごかせ、はたらかせ、そそのかして、工夫をはじめたりもした。苦力《クーリー》や輪タクの運ちゃんなどがいくサイゴンのひどい阿片窟で阿片を吸い、やがていてもたってもいられない嘔気といっしょに眼がさめ、ホテルへ帰ってからウトウト、ゆりもどしとしての眠りを眠っているうちに、とつぜんこの透明の界域に入ったことがある。阿片であれ、渓流であれ、こころ以外の何かに手助けしてもらわなければ、それもごく稀れにでしかなく、私はこの一点にたどりつくことができないかのようである。

『人間、文字ヲ識《シ》ルガ憂患ノハジマリナリ』

蘇東坡《そとうば》がそういっている。

この山小屋にこもったのは作品を書きたいためだったのだが、とうとう一字も書けなかった。毎日、私はキツツキのけたたましい、澄んで高い小太鼓の連打といっしょに眼をさまし、主人夫婦と簡素な食事をし、食事がすむと部屋にもどって寝そべった。書きたいことはたくさんあり、憂患もおびただしくあったが、回想にふけりたいこともとめどなくあった。私は自分が作品を書くときはいっさい文学くさい本を遠ざけることにしているので、カナダのとほうもない大ナマズを釣る本を何度となく読みかえした。たまたまそれが簡素、透明、筋肉質だが柔軟でもある文脈で書かれていたので、あきることはなかった。昼も夜もそういう本を読み、あれこれ回想にふけり、組みたててみたり、解体してみたり、数カ月間、ただそうやって自身とたわむれてすごした。いい時刻を見はからって、誰にも教えてない穴場へでかけ、イワナにからかわれたり、そむかれたりし、ほんのときたま気化することができた。夕方になると窓ぎわでマーガリンを舐めつつ焼酎をすすって、トビが湖で魚をとろうと急降下するのを眺めた。そのトビは毎日、夕方になると、きっと定時に一つの峰からやってきて夕食をとる習慣にあるのだが、魚もすばしこくて、なかなかつかみとれないのである。何度も何度も急降下をやり、とちゅうでやめて上空へ舞いあがり、また急降下をやり、ときどき水面まで達して爪を水のなかにつっこんでは失敗する。それを見ながら、オレみたいだなと思ったり、いや、オレなら、まだもうちょっと何とか……とうぬぼれたりする。

　蘇東坡のいう《憂患》は文字やことばを識ったために発生するのだと読めるが、およそ憂患がさきか、ことばがさきか、いずれが原因で、いずれが結果であるかは、光と影のたわむれにも似た玄妙さのなかにあるので、ここでは語らないことにしよう。小説家はそのガラス玉をペン先でとらえようとするようなこころみにふけってはならないのである。それにふけるしかない動機のあるときにだけ没頭すればいいことで、これはいっさいが粉末と化してしまう恐ろしい瞬間を誘導しやすいのである。いまさしあたってかかずらわりあっているのは、なぜヒトは《自然》を求めるか、なのである。ヒトのうち、オトコと呼ばれる種族は、現代では、永い種族としての勃興期から爛熟期をすぎて、いまようやく下降にさしかかっているのではないかと思われる。けれど、第二の性の、オンナは、ようやく闘争の段階のただなかにあらわにあって、若い種族だといいたくなることがたくさん見聞される。オトコは世俗的に見てどれほどの勝利者でもこころのうちではひとりのこらず敗北を感じているのではないかと思われる。彼は反抗し、挫折し、傷つき、それによって成熟していくが、永遠に一人のハックルベリ・フィン、または一人のリップ・ヴァン・ウィンクルをだまらせることができないでいる。野生の浮浪児、感じやすさのために無償の遊びにふけるしかなく、それだけを熱望する恐妻家。そのどちらかの一人——二人とも一人の人物であるが——この人物が傷、混沌、汚濁、醗酵、解体の胸苦しさに耐えかねて、ほっといてくれ、はなしてくれ、気化させてくれと声をあげる。彼をほんとに夢中にさせてくれるのは遊びと危機ぐらいしかないが、何が遊びで、何が危機であるか、それすらこの時代ではすでにまさぐりにくくなっている。賢者は海を愛し、聖者は山を愛する。渚にも、森にも、彼は対立する自我、超越する自我を見いだす。苛酷、非情、意志なきその優しさ、可憐さ、精妙と茶目に彼は自失する。他のどんな手段によるよりもここでは自失が瞬後に充実となれるのである。どれほどたくさんの文字を書くオトコたちが古今東西、自失の充実にひそむ歓びを、恐怖を、描きつづけて、飽くことを知らなかったことか。それらの文字はことごとく渚から、森からひきあげて、傷の膿みはじめる場所にすわってから、そこでやっとふりかえって、書かれたのである。ここに秘密がある。

そしてこういう本（新編・人生の本・第10巻「自然への希求」）を編もうとしてみて、あらためてさとらされることであるが、けっして第一の性だから同性をひいきにしようとしたわけではないのに記憶にうかぶ《自然》の書き手がことごとくといってよいくらい第一の性ばかりで、第二の性の書き手がいず、それらのたくさんの人びとの書いたもののなかには記憶にあざやかなイマージュが多くあるにもかかわらず、なぜか《自然》だけは欠落していて、うかんでこないのである。ここに、もうひとつの、秘密があるようではないか。

なぜだろう？……

自殺した女の作家もいない。

なぜだろう？……

一匹のサケに二十年

イギリス人の釣師が〝フィッシュ〟というとマスのことであって、まるで他の魚は魚でないみたいだという意味のことをイワナ釣りでも一家をなしていらっしゃる今西錦司氏が随筆に書いておられたと思う。しかし、実際は、コイ釣りやフナ釣りにもイギリス人の釣師はなかなか熱心で、その道のコンテストなどもよくおこなわれているらしい。

そういう釣りをひっくるめて〝コース・フィッシング〟と呼ぶが、これは日本語でいう〝雑魚釣り〟、または〝外道釣り〟のような語感のもののようである。何しろウォルトン大師を生んだお国柄だし、大師はマスもコイもパイクも、すべての魚釣りに眼がなかったのだから、末裔諸氏が雑魚釣り、外道釣りに熱中するのも当然である。むしろ私の見るところでは、〝フィッシュ〟といえばサケ科目の魚のことだという感じはスカンディナヴィアの釣師のほうが抱いているのではあるまいかと思われる。彼らはサケ類とマス類、それに外道といってはせいぜいパイク釣りに熱中していて、コイヤフナなどは見向きもしないという気風であるように観察したことがある。かれこれ六年前のことであるが……

ウォルトン大師の気風は末裔たちに雑魚釣りだけでなく文学の趣味も伝えたように見うけられる。E・グレイ卿の名著に『毛鉤釣り』というそっけない題の本があるが、いつか魚釣りをまったく知らない小泉信三氏が熱心な敬愛と紹介の随筆を書いていらっしゃるのを読んで、なるほどと、うたれたことがある。私はウィリアムスンの『鮭サラの一生』をいつ頃からか年に一度はきっと読みかえす習慣であるが、読めば読むだけ名作だと思わせられる。思いぞ屈し、心が滅入ってならないときには、この人の単語が、夏の野原で冷めたい水を飲むように爽やかにしみこんでくるのである。毎年きっと読みかえすようにしているのだから一年に一度はかならずある時期、私は憂鬱で心渇いていているのだということになりそうだけれど、ある時期だけですむのか、すまないのか……

この本には海から川へもどってくる一匹のサケの前途にあるいっさいのもの、漁師、シャチ、アナゴ、アザラシ、カワウソ、密漁者……鳥・獣・虫・魚・人のすべてが一つずつ簡潔、精妙に書きこんである。もちろん川岸の釣師も登場するが、それも毛鉤で一章、ルアーで一章というぐあいにちゃんと一章ずつわけて書きこむという丹念さである。どうやら著者はこの一作のために二十年という歳月をかけたらしいのだが、その仕込みぶりは観察にも表現にもありありとうかがえる。ウォルトン大師の名著よりも私はよほどこの作品のほうが読むときにひきこまれる。知りぬいているはずの一行、一章が、いつも爽快なみずみずしさで接してくるのである。どの活字の角《かど》も新鋳そのもののようにたって光っていると感じられる。『いい』か、『わるい』。そうでなければ『好き』か、『きらい』。およそ批評というものはとことん煮つめてみればこの四語のどれか一語につきてしまいそうだが、そういう充実した寡黙さで迎えたい作品である。一匹のサケのために二十年を費した作家がいたのだと考えると、気遠くなりそうである。無言の鞭をあてられるように感ずることもある。読みかえすたびに頭をふって立直らなければならないと思わせられるのだが……

Ⅱ

ミミズのたわごとではない

奥日光・丸沼にニジマスを追う

舟着きへ馳けていくと、武一あにいも、王次あにいも、もうちゃんと来ていて、二そうの舟で待っていた。釣り竿《ざお》もちゃんと二本ずつ舟の中に寝かせてある。

ボクは、山に囲まれた、この丸沼が大好きだ。丸沼は、日光の湯元から金精峠を越えた下にある菅沼のもう一つ奥にある湖水だ。丸沼にはマスがたくさんいる。マスには、からだの真ん中を縦に紅い帯がうすく通っているニジマスや、小さい、紅い点々があって、とてもきれいなカワマスや、茶いろの大きな点々のあるブラウンマス、それから、釣り上げて日にあたると銀いろに光るヒメマスがいる。

いま、あの頃のことを懐かしく思い出す。戦場ヶ原を豆腐屋ラッパの乗合馬車で行き、湯元から馬で金精峠を越え、菅沼の左側を通って、八丁滝を下りると、丸沼の鱒釣りクラブへ着くのだった。

鱒釣りクラブは、父の仲間のアングラーたちのクラブだった。メンバーは殆んどが洋行帰りの殿様たち、旦那様たちだった。つまり、華族の御曹子たちや、錚々たる実業家の若旦那たちであった。

西園寺公一氏の『釣魚迷』には丸沼のことがそう書いてある。明治の終り、大正の初めという時代である。某夜、氏と釣りの話をし、ノンポリに終始した愉しい一夜だったが、そのときいろいろ聞いた話では、当時の丸沼は現在のよりもずっと小さかったらしい。

日光のほうからいくと、現在ではハイウェイを楽にとばして到着できるが、金精峠をこえると、菅沼という湖がある。ヒョウタン型にくびれてつながった三つの湖である。日光国立公園のなかにある湖である。この湖を右に見て山道のドライヴ・ウェイをぐるぐる巻きながらおりていくと山と森のなかに一つの鏡がある。これが丸沼である。

私がこのかわいい湖を知ったのは二年前、一九六九年の三月である。人につれていってもらって知ったのだが、つれていってくれたのは桐生の常見忠さんである。その前年の六八年に私はドイツにいて、バド・ゴーデスベルクの釣道具屋のおじさんにルアー（擬餌鉤《ぎじばり》）で魚を釣ることを生れてはじめて教えてもらい、バイエルンの湖でパイク釣りをしている。帰国してから日本でも誰かこの釣りをする人はいないかと思って釣り雑誌を眺めていたら、たまたま常見忠さんが記事を書いているのが見つかった。手紙をだしてみると、さっそく会見しましょうということになった。お茶の水の旅館に泊って私が仕事をしていると、某朝、二人の屈強な男がやってきて、私が寝床をあげようとしてまごまごしている鼻さきへいきなりサケぐらいもある大魚の鼻曲りのたけだけしい口へ山男がニンマリ笑って手を入れている写真をつきつけ

「これが銀山のイワナです」

といった。

ヒレのふちが白く、全身に白点が散っているところは、たしかにサケではなくて、イワナである。イワナはサケ科に属するから、もし満足すべき条件で育ったらオスは鼻曲りの精悍な老武者顔になるはずである。けれど、北海道ならいざ知らず、内地の湖でこんな顔をしたイワナが釣れるというようなハナシはそれまで私は聞いたことも見たこともなかったので愕然となり、膝を正してすわりなおし、二人に粗茶と粗菓をいんぎんにすすめた。二人は兄弟であって、茂さんが兄、忠さんが弟なのだが、二人とも野球のチャンピオンで、学生時代からピッチャーとして鍛えたという。たしかに二人ともたくましい体をし、首は太く、肩が厚い。のちに水ぎわでキャスティングするところをたびたび拝見することとなるが、ロング・キャストをやるときの肩の動線

は明瞭に投球のそれであった。

その日はハナシがハズんだ。私はドイツの釣道具屋のおじさんが聞かしてくれた意見と、本で読みためた知識と、バイエルンの湖での経験をないまぜたうえに若干のホラをまじえて吹いた。しかし、二人は何年も何年もこの道にうちこんできたので、ルアーの知識、その操作法、それを追う魚の習性、あの湖はどうだ、この湖はこうだという観察を淡々として説き、めんめんと語り、とうてい私の吹きなど、及ぶところではなかった。私はかきたてられ、刺激され、混乱し、自信を失い、それゆえに、にわかにモーレツな、あてどない闘志を抱いてしまうこととなった。

「東京からあまり遠くなくてルアーの大好きなニジマスのいるところは何処なりや。ただし、養殖の釣り堀のニジではあかん。野性にもどってズル賢くなってるうえにパンパン跳ねて抵抗するやつのいるのは何処であろうか。御存知あるや？」

二人は言下に

「奥日光の丸沼でござろう。ここのニジはワカサギをウンと食べて育っているし、水がきれいなので、どっしりと太り、色がすばらしく、剽悍《ひょうかん》無類、最後の一瞬までたたかいますぞ。運あらば幸福なるべし。情報は逐一知らせ申さん」

と叫んだ。

その年が汚れたままで終り、新しい年が穢れたままではじまったが、どういうものかきびしくて、雪が深く、金精峠はいつまでも開通しようとせず、桐生からたびたび電話があったけれど、丸沼はいつも盲《めし》いたままなので、私としては電話口で力弱く吹きつづけ、常見さんは自信満々の淡白の口調で過去の経験を語るのみに終った。

桐生の名物は国定忠治と、カラッ風と、しっかり者の女房と、バクチと、釣りだという。男性における気風は短気で新物食いで、鈍重な持続力よりはむしろ新鮮な好奇心を得意とし、バクチはもとより、釣りとなると〝桐生竿〟と呼ばれるひとつのジャンルが完成されたくらいの熱狂と創意を発揮したくらいであるという。だからして近郷近在の渓谷はヤマメがことごとく根絶やしになってしまった。いまはマイカーを駈って遠征するよりほかないのだが、どこへいっても桐生の釣師は上手で、やらずぶったくり、殺気だっているので、群馬ナンバーの車がとまっていると釣師はイヤな顔をするのですと、半ば得意、半ば自嘲の口調で説明される。テクニックはあっぱれだが心性は見さかいのない車夫馬丁だというのである。この多様な気質のうちの、おそらく〝夜討ち朝駈け〟の気風が常見さんにそのとき著しくはたらいたものであろう。昨日やっとブル（ドーザー）が入って雪をどけましたが丸沼は水が半分に減り、しかも半ばは氷が張っているが、やってやれんことはないようですぞ、運あらば幸福なるべし！……という電話がきた。

菅沼の三つの湖の水をパイプで丸沼へ落し、そこで電気を起し、その水をさらにしたの大尻沼という湖へ落す。だから菅沼には発電所はないようだが、丸沼と大尻沼にはとてもかわいい発電所がある。見たところミニ・サイズで、〝発電所〟という字のほうが大きすぎるくらいのものである。常見さんの愛車にのせられて雪の山道をいってみると、丸沼は冬の渇水と発電所の工事のため、湖底が露出するほど枯れていた。しかし、すっかり乾いてしまったわけではなく、凄みのある青をたたえた水がひろがり、ずいぶん深そうで、半ば氷が張って白く見え、それは灰青色の瞳をしたヨーロッパ女が白内障にかかったらこうもなるだろうかと思えるような、気味のわるい迫力を帯びている。乾いた湖底はすっかり雪と氷に蔽われているが、林をすかして眺めると、二本ほどの細流があって、水を吐きだしつづけている。ポイントがどこなのか、ここからでは見当のつけようがないが、まずその細流の吐き出し口あたりが本命かと思われる。

自動車を山道にとめておいてから、ウェイダー（腰まであるゴム長）をはき、さらにワラジをその靴裏に縛りつけた。ゴム長の靴裏にはイボイボがついているけれど、雪と氷の張りついた崖をおりていくにはすべり止めにワラジをつけたほうがいい。準備ができたところで釣竿を右手に持ち、左手で木の根や岩角をつかんで、そろそろと山腹をつたい、崖をおりて、湖底に達する。底は泥まじりの砂地でよくひきしまり、素直で、歩きにくくないのはありがたかった。氷になったり、雪になったりしているが、一つの足跡があるほかは、鳥の跡も、ウサギの跡もない。荒涼として清浄である。

足跡をさして常見さんがいう。

「私の足跡です。昨日、検証にきたんです。魚のほうは、ちょっとキャスティングしてみただけなんで、よくわかりませんが、幸福ではありませんでした。今日はどうですか。ドイツ直伝のウデで、ひとつ」

砂泥地にナップ・ザックをおろして準備にかかる。竿にリールをつける。糸をガイド・リングに通し、クリンチ結び《ノット》でスイヴェルをつける。この結びはいちばん簡単で手早くできるが、たいへん強力である。あと何種かの結びを私は知っているけれど、いつもこれにすることにしている。それからプラスチックの箱をあけ、ゴチャゴチャとからみあっているルアーのどれにしようかナと迷う。この迷いが期待にみちた愉しみで、釣師をちょっと心はずませるものなのである。経験のある鈎もある。ない鈎もある。大成功のもあれば、半成功のもあり、徹底的にゼロだったのもある。あの湖できいたからといってそのままこの湖できくとは、かならずしもいえない。その日そのときの空の色、水の色、水温、流れのあるなし、また緩急のぐあい、それに、何よりもその日そのときの魚の御機嫌次第なのだ。トビーが何種かある。万能のルアーというものはないが、これなら無難だろう。淡水、海水を問わず、肉食魚ならほぼ万能に近い秀作である。10グラムのを選ぶ。青地に赤い点を散らしたのにする。

雪と氷を裂いて細流が音をたてて流れこんでいる。白内障にかかった灰青色の大きな、広い瞳に航跡ができている。枯葉や白泡がその航跡のまわりにうかび、湖心へ流されていく。私は水のなかにたちこみ、投げてはひき、投げてはひきを繰りかえしはじめる。糸はいささか手荒く殺気だっているがのびのびとよく走り、ルアーは水にしなやかに食いこみ、リールの歯車は油がきいているのでなめらかに回転してくれる。この釣りでは一日に何百回と投げては引き、投げては引きするので、リールをひどく酷使するから、よくよく歯車の金属がしっかりしていないとダメで、歯が欠けたり、すりへったりすると、たちまち早漏、腰ぬけ、イザというときにどう地だんだ踏んでも追っつかない。だから少しお値段が張っても、グッとこらえて、いいものを買うことである。安物を何箇か買いかえるよりも結局そのほうが安くつくという結果になるのである。残念ながらこれが定理である。『安物買いの銭失い』、『金があると贅沢をしない』という意味の諺《ことわざ》はここでも通用するのである。

七時からキャスティングを開始し、八時になり、九時になったが、ノー・ヒット、ノー・ストライクである。トビーは蒼白な水のなかをよろめいたり、閃《ひら》めいたり、くねったり、突進したり、いそいそとこちらへかけよってくるのが見えるが、まったく暗がりから魚を誘いだすことができないでいる。リールを巻く速度を変えたり、竿の穂さきをときに左右にふったり、上下にふったり、グイグイと巻いてちょっと止め、ひとつしゃくって、またグイグイと巻いてちょっと止めたりと、ずいぶん根気よく、あの手、この手を演じているのだが、冷めたく蒼白な闇は沈黙したきりである。山は枯れ、木は葉を落し、雪がそびえ、氷がキラめく。鳥も鳴かず、小獣も走らず、人はいない。常見忠さんは少しずつ移動していき、いまはその姿が小さくなり、声もとどくものやら、とどかないものやら。峰から雲とも霧ともつかないものがわきあがって山腹を蔽い、ガスが湖面にたちこめ、ひどいときには自分のとばすルアーがガスのなかに消えて、ただかなたに水音がちょっとするだけということもある。冷めたい牛乳のなかで魚釣りをしているみたいである。そしてしばしば、〝しぐれ〟というよりは、〝みぞれ〟、〝氷雨〟と呼びたいような雨がじめじめシトシトと降りはじめた。足もとの雪には小穴があく。菌絲《きんし》のように雨がからみつく。冷めたさは肉を浸し、骨をえぐり、あてどない冷酷と憎悪と絶望が酸のように心を腐食する。

十時になると全身がぐっしょり濡れたうえ、肉は凍《しば》れて硬ばってしまい、ちょっと身うごきすると音がたちそうであった。私は剝落してしまい、無気力そのものになった。創意もなく、工夫もない。ただピノキオのようにぶざまに投げてはひき、投げてはひきを繰返すだけだった。ひとところに棒杭のようにつったったままで移動しないのは

「ニジマスは回遊する癖がある。正確に湖岸に沿ってであるかどうかはわからない。その日のコースもわからない。その日のその水温で活潑であるかどうかもわからない。しかしオレは回遊しているはずだと考えた。ならば、あっちこっち移動するのも、一カ所に頑張って根気よくお通りを待つのも、アタる確率は似たようなものだろうと考えた。それがよかった。アタった。きたね」

のちになって酒を飲みながら人を変え場所を変えして私はそう説明したが、これは〝事後の分析〟というものだし、ご自慢で染めあげられている。つまり、少しばかり、吹いている。むしろ移動しなかったのは、しなかったのではなく、できなかったのである。無気力と減退と敗北感にのされてしまっていたのである。

ふいに強力にひかれた。竿さきが水につきそうになった。強引なものだった。グイと横暴にひったくるようであった。瞬間、醒めた。あたたかい血が走った。上体を起すようにしてグイと竿をたてた。蒼白な水に波紋が起り、糸が狂ったようにかけめぐり、リールがジーッ、と鳴った。いくらハンドルを巻きたてても空転し、糸はズルッ、ズルッと重くすべっってでていく。大きい。厚い。相当なものだ。とつぜんガスと蒼白

を裂いて魚がよことびに跳躍し、落下し、もう一度跳躍し、落下した。首をふり、口をひらき、どっしりとした横腹で水をうつ。あざやかな紅紫色の帯が水しぶきをたてる。無数の宝石の粉が散るようであった。息がつまりそうになった。私は竿にしがみつき、強引につっぱりとおし、空転でも何でも、ハンドルを巻きたてつづけた。やがて歯車が噛《か》みあって、魚は少しずつ寄ってきた。

岸へ魚を寄せ、慎重に竿をさばいて、水面上に魚の顔がでるように吊してみる。エラが空気にさらされると急速に魚は弱まり、おとなしくなるものである。網も手カギもなく、糸が細くて心配なときは、しばらくそうやったままでいて、魚が弱りきるまで待つことである。それから浅瀬へ寄せ、そっと、しかし、しっかりと糸をにぎって、今度は思いきって水からぬくようにして、雪のうえへ投げた。重おもしく魚は跳ね、雪を散らしてもがき、やがて眼を瞠《みは》ったままゆっくりと息絶えていく。エラがゆっくりと持ちあがって、また閉じる。それを見ていると、嘆息の音が耳をうつようであった。私は昂揚して発光し、充実しきった虚脱に佇むが、いたましさをおぼえずにはいられない。巻尺をだして計ってみると、65センチある。みごとに肥り、肩のたくましく盛りあがった、鼻曲りになったオスだった。頰が鮮やかな朱に染められている。あっぱれな老雄の死であった。

魚も環境の動物である。棲《す》む水の条件によっては色も、顔も、性格も、まるでおなじ種族とは思えないくらいの変化を起すのである。このときのニジマスは全身をつらぬくレインボウ・ベルトをべつにすると、奇妙に白っぽくなっていて、不思議な変貌を見せていた。白内障にかかった灰青色の瞳のような、氷のしたの闇のなかだからそんな色になってしまったのかもしれなかった。これが全山を緑にした晴れた五月の菅沼では、おなじニジマスが、背をあざやかな鮮緑色で輝かせ、下腹は銀白、横腹は紅紫、名状に苦しむような華麗さとなっていた。鋭くてたけだけしく、鮮烈で艶麗だった。雪の丸沼は冷酷、荒涼、悲惨だったので忘れようのない記憶をきざみつけられたが、五月の菅沼は爽やかな日光がみなぎり、あちらこちらでウグイスが鳴きしきり、静寂には豊饒がこめられていて、それらすべてをしぼりとって魚体にしたようなニジマスのみごとさとともにいまでも眼のうらがまばゆいばかりに輝いている。

菅沼で釣りができたのは某人物の特別の好意からであった。丸沼は一般に公開されているが日光国立公園のなかにある菅沼は禁断の湖である。水産試験所に水面を提供してヒメマスの保護と観察にあてられている。この湖を一瞥してみたら、古い日本の自然がどのようなものであったかが身にしみてわかるようである。旅館、ネオン、野立看板、ビニール袋、空罐、ウンコ、靴跡、指紋、何もない。木も草もはびこるままにはびこり、コンクリートも鉄柵もなく、折った痕、汚した痕、切った痕がどこにもない。鬱蒼とした、深くて暗い杉と檜の密林が水ぎわまで迫り、その影を映して水は深く澄み、凄く静浄で、たそがれが沁みてくると、あちらこちらに魔が顔をだして拍手する。〝隠《こも》り沼《ぬ》〟というコトバは現代日本では廃語だが、ここはそれである。ここは私有地なので個人の意志によってかろうじて状態が保存されているのであるが、それがいいことなのか、わるいことなのか、前後をよく考えると私にはうっかり口がきけなくなる。もしこれが公開されたらどうなるだろうか。それだけはわかっている。高山植物は折られ、ちぎられ、根こそぎぬかれる。釣師たちは大小かまわず魚という魚を根絶してしまう。林は乱伐され、鳥は殺され、水は汚水と化すことであろう。いくらもたたないうちに〝隠り沼〟はドブ水をみたした魚のいない金魚鉢となる。岸は汚物とゴミで足の踏み場もなくなることだろう。現代では〝自然〟を保護するためには狂気に似た意志、暴力的なまでの抑制、優しさをめざす苛烈、何らかの形式によるそういうものがなければとくに日本ではどうしようもあるまいと思われる。〝聖なる狂気〟が官にも民にもなければならない。それがないのだからわれわれは《自然》を殺したカインとしてネオンの荒野をさまよい歩くほかないものと覚悟するしかないのではあるまいか。

小さな岬の突端の岩ッ鼻に腰をおろして水筒のお茶を飲んでいると、近くの密林でウグイスが鳴く。それほど遠くない。どこかそのあたりだ。そこで口笛を吹いて真似をしてみる。彼女が一声鳴くと、こちらも一声鳴くのである。何度かそれをつづけていると、彼女の声がだんだん接近してくる。とうとうすぐ目のまえの対岸の水ぎわの林までやってくる。けれど彼女はそこにとどまったきりで、しきりに鳴きはするけれどこちら岸に移ってこようとはしない。人間の真似をするなんて彼、狂ったんじゃないかしら、気味がわるいわと思いながら葉をすかしてこちらを眺めているのだろうか。いらいらしたように甲《か》ン高く、短く、いつまでも鳴きしきる。

水が空の高さだけ深い。

大いなる鏡を見たり

日光方面へおでかけのときは戦場ヶ原を通過して金精峠に向うことをおすすめする。この峠のあたりには落雷にうたれて壮烈な形相で立枯れしている木がたくさんある。このあたりには季節になると雷の名所になるのである。その峠からチラと湖が見えるが、峠をおりつつ道なりにいくと、その湖が右に展開する。この湖け三つ、つながっていて、菅沼と呼ばれる。朝早くがいい。それから黄昏の頃がいい。野立看板も、ネオンも、ホテルもなく、ただ鬱蒼とした原生林と澄明な水があるきりである。霧がたちこめたときのこの湖の凄い荘厳ぶりには息を呑む。声を呑む。浄化され、回復され、汚れきった細胞がことごとく洗われてざわめきはじめるのをおぼえる。

東北方面へおでかけのときには十和田湖を見おろす発荷《はっか》峠にたつことをおすすめしたい。これも朝早くか、黄昏の頃がいい。いつぞや秋田から十和田湖へぬけようと走っていくうちに黄昏どきにこの峠にさしかかったことがあり、声を呑んだ。霧のたちこめる晩秋の黄昏と、原生林と、山波のはるか底にギラギラと凄い水が輝いているのである。それは魔や精の棲家《すみか》であった。衰えた夕陽の一条か二条かが広い深淵に射して華麗な乱反射のたわむれがあるが、闇の清澄と深遠から無数の声がたちのぼり、ひしめいている。けれど針一本落ちてもとびあがりたくなるような静寂である。

菅沼にせよ、この発荷峠から見おろす十和田湖にせよ、日頃いかに声で自身を汚し、汚され、濁し、濁らされているかを痛覚させられるのである。年に一度はこういう水を眺めて私は沈黙することを習慣としたいものだと思っている。これらの凄い湖はいつも新しい。まったく、新しい。つねに《はじめて見る》形相である。

大いなる鏡を見たり

湖の古い宿に着いてから字を求められたのでそう書いたと思う。

わが敬愛する三人の釣師

井伏鱒二氏

まともに井伏さんと酒でつきあっちゃいけないよ。わが社に痛ましい前例がある。池島信平氏に何度となくそう教えられたので、私は老師の酒席には飲んでかけつけるけれど、中途でコッソリ遁走するようにも心がけている。

けれど、ある湖へいっしょに釣行すると、老師は処女地なのにフッと穴場を嗅ぎあて、野生の尺マスの入れ食いという破天荒をやってみせ、サスガと私は舌を巻いた。そのあと下山すると、大久保のある飲み屋へ私たちはアケの客として入ってハネの客として出ることになった。

福田蘭童氏

この人が異能、異才であることは誰でも認めているけれど、世界漫遊の釣行記があまりに面白く書かれているので、信用する釣師は少ないようである。

しかし、私が知っているかぎり、この天才はアラスカのサケ釣場の地図や、渡し舟代や、ルアーなどを精細に書きこんで送って下さったことがあり、現地へいってみると、ことごとく、まぎれもない事実であった。

ただし、会うと天才はのべつなく笑っているので、それにまぎれて、諸君は、どれが虚で、どれが実かと、おびただしく迷うことであろう。

團伊玖磨氏

とめどない物知り博士で、しかもその博識を、何を食べて育ったのかわからない優雅の文体で書くことのできる稀な人。

山へいけば蘭科の植物の観察に没入し、海へいけば絶海の孤礁《こしょう》の釣りに昇華する。三年も四年もかかってこの人に教えられた孤礁へいってみると、往復時間が八丈島から五〇時間。釣りを愉しんだのが五分。獲物はワフー（オキサワラ）一匹。グズグズしてると漁船のスクリューも回転できない台風がくるゾという荒業であった。

手錠つきの脱獄者

獅子文六はなかなかの食いしん坊だったから、多年のその道の蓄積をちょっぴり洩《も》らしたくなったらしく、『バナナ』という作品にはよく食談が登場する。それを正宗白鳥が面白がって評文を書くというところまで乗りだしたはず、と私はうろおぼえにおぼえている。在日華僑のこれまた食徒である人物が〝食哺〟のつまみ食いで眼を細くするあたりの描写がみごとだったのだが、全篇をことごとく食談で一貫してもらえなかったのが、玉にキズであった。

こういう試みは真摯なのもよく、軽快なのもよく、粗食また粗食で荒されつくした現代の知的食欲を深夜ひそかにみずみずしく回復してくれる効果があって、待望久しいのだけれど、どの分野でもめったにあらわれたタメシがない。これはむつかしくいえば市民文学の系譜内にある面白がりだと思うのだが、深刻でもなければ難解でもないせいか、まともな批評の対象にしてもらえなくて、したがって書き手のほうもついつい手控えてしまうこととなるらしい。林房雄氏には『緑の水平線』（のちに改題し

て『釣人物語』となる）という全篇ことごとく釣り談議という快奇作があるがござん

じかとたずねても、まずはかばかしい返答を得たためしがない。

犬好きと猫好きがペット界にあるように、釣りにも海師と山師があって、それぞれソッポを向きあったり、内心ひそかに軽蔑しあったりしている。しかし、『緑の水平線』は山の湖のニジマスのドライ・フライ・フィッシング、フナ釣り、ブラック・バス釣りから、海は海でキスからインナギまでという八宗兼学ぶりである。それがひとつひとつ餌、仕掛、アワセの心得、魚の癖など、綿密、微細、徹底的に書きこんであるので深夜が愉しい。その釣談と釣談を縫ってほどよい色模様をからませたり、人生哲学のさまざまがちりばめてあったりして、中間小説の鼻祖は全身でフル・サーヴィスにつとめている。一篇の仕立ても哲学も清潔で晴朗な市民小説であるが、これまた多年の蓄積という含み資産が背後にたっぷりとひそませてあるので、昨日今日で書けるものではないことは一読して判る。いつまでたってもイデオロギー界の骨がらみになっているブラック・ホワイト・シンク小児病のために林氏は読まれないで誤解されつづけた観があるが、こういう作品のなかで平明、率直に老いや死についての怖れと覚悟を語っている氏は痛ましいほど知られていない。

「つまり、きみもあわて者なんだ。釣師の資格はあわて者で、短気で、助平であることだと井伏鱒二という文士が書いていた。きみの仲間の釣文士だろう」
「井伏氏の釣の本はたいてい読んでいますが、そんなことを書いてありましたかね？」
「井伏文士じゃなかったかもしれぬが、たしかに名言だよ。あっはっは、短気であわて者で助平か！」

篇中の某所で実業家の釣師と主人公である作家の釣師がそういう会話をしている。釣師には短気で好色なのが多いという説は井伏鱒二氏の『川釣り』のなかの一篇に述べられているが、短気はよくわかるけれど好色だというのはなぜでしょうと、いつか、井伏邸でおたずねしたことがあった。すると井伏さんは、こともなげに、ああ、あれは林房雄の説ですよ、とお答えになった。そこでつぎに、たまたま何かのパーティーで林さんに会ったとき、おなじ質問をしてみると、ああ、あれは佐藤惣之助の説ですよ、とのお答えで、口調はやっぱりこともなげであった。この調子でいくと、佐藤惣之助氏をあの世から呼んでおなじ質問をしたら、どう逃げるのだろうと、思わせられたものだった。

中世のある派の修道僧は修道院の居室のテーブルに頭蓋骨を一個、つねにおいておき、ラテン語で“Memento Mori”（死を銘記せよ）と彫りこみ、それを日夜眺めて暮したと伝えられている。『緑の水平線』のなかにも、そのまま、《メメント・モリ》と題した一章がある。林さんはこれを「汝もまた死ぬことを知れ」と訳している。中世の修道僧の修業の話としてではなく、主人公の小説家が戦争中にバタビアの町にあるフリーメーソンの本部の壁に目撃した文字だとして紹介されている。その本部の一室には棺がおいてあり、その棺のなかには四肢の完全にそろった骸骨が入れてあり、腐肉がこびりついていて、むんむん異臭がたちこめている。入会希望の初心者をその部屋に一昼夜閉じこめてから恐怖にたじろがなかったものだけにフリーメーソン会員となる資格をあたえたのだそうである。主人公の小説家はその文字を見た瞬間、フリーメーソンは世界征服の陰謀団体などという政治的秘密結社ではなくて、人間精神の鍛練と昇華を目的とする平和な友好団体にちがいないという確信を得たという。禅宗が座禅と内観によって解脱を説くところをフリーメーソンは死を触媒として平和や友好や幸福を求めようとしたのではないかと直感するのである。

健康はありがたいものだが、自分の死を忘れるほど、ただいたずらに健康であるということは不幸の一種であり、危険な状態である。

たまたま病気になって入院した主人公は白い病室のなかでそうつぶやきつつ、日頃は忘れるともなく忘れているのに疲労や心労に食いこまれるたびにあぶりだし文字のようにあらわれてくる“Memento Mori”が、このときもまたあざやかによみがえってくるのを感ずるのである。なかなか深夜のエンタテインメントだけではすまされない。

釣りを媒介にしたこの平明な教養小説には随所にさりげない口調で処世の覚悟が語られているが、釣りについて語るときはウォルトン卿のあの晴朗よりはむしろしばしば苦《にが》みが含まれるのはどう避けようもない時代の疾病のためだろう。いちばん私の実感に訴えて忘れられない釣師と釣りについての呟《つぶや》きはつぎのようである。おそらく林さんは湖畔でも晴れた沖でもちょっと前屈みになって、内心そう呟きつづけていたのだろう。感懐がそのまま水滴のように洩れたものと思われる。釣師というやつは、見たところ、楽しそうで、のんきそうだが、実はみんなさびしいんだ。みんな脱走者で脱獄者なんだ。仕事から、世間から、家庭から、自分自身から脱出しようとあがきながら、結局脱出できないことを知って、瞬間の脱獄気分だけを楽しんでいる囚人なんだ。

16番クラブ

わが胸の底のここには闇が澱み、そろそろ四年になるけれどトンネルのさきに光は見えない。そこへじとじと梅雨の憂愁がしみこんで全身にびっしりとカビがはびこったようである。昔懐しの小栗虫太郎を一冊のこらず買いこんで読みまくったけれどさしもの絢爛たる法螺《ほら》もいっこうに効果がなく、おつぎは宇宙人物で打開を策しつつある。しらちゃけた午後の胸はどこへ菌糸をのばしていくか、知れたものではない。

しかし、病室めいてきた勉強部屋の窓にはときたま雨の晴れ間に初夏の燦光《さんこう》が射し、塵の一粒一粒が、瞬間輝いて、歓声をあげる。山の湖ではマスやイワナがワカサギを追いまわしていることだろう。彼らが小魚めがけて疾走する光景は何度も見かけたが、口をいっぱいにひらき、エラを張り、凄い形相である。雪しろが渓流を白濁させてほとばしる春の頃は荒食いがもっともはげしくて、釣ったイワナの口をひらいてみると、のどいっぱいにワカサギがつまっている。

マスもイワナもサケ科目のメンバーだが、この一族の口はつるつるしていて、とても硬いので、鉤さきをいつも研《と》ぎすましておかないことには逃げられる。アタった瞬間に竿をあおってしっかり食いこませなければならない。北欧製の釣竿は、だから、腰が強くできている。ところが、超名人になると、この硬くてすべりやすいサケ族の口に16番の毛鉤を食いこませる。16番の鉤といえば、ハエぐらいしかない。ハリスは極細である。それを少しずつ太いのに変えて何本も連結していき、道糸を繰りだす。繰りこむ。やった。とった。走らせた。ひきよせた。半日から一日かけて川岸をいったりきたりして、秘術のかぎりをつくして争うのである。ハエの頭ぐらいの鉤で二〇キロも三〇キロもあるキング・サーモンをくたびれさせるのだから、たいへんな技術である。

この経験の持主だけを集めたのが『16番クラブ』である。ほんとの超名人の集りである。こういうクラブでは当然のことながら毎度酒を飲むだろうが、みなさま、慎重、寡黙、微笑を絶やさず、自信満々だが静穏にパイプなどをくゆらせて一夕をおすごしになるのであろう。ほんとの手織りのツィードの背広からは丘の斜面の羊と日光の匂いがたち、厚い肩のあたりに漂うウィスキーとタバコの香り。最後の《男の時代》の残香。

アア、ア。

ミミズのたわごとではない

知る人ぞ知る釣具の老舗が京橋にある。かりにその名を『小公望』としておくが、ときどき私は立寄って茶話にふけるのを愉しみにしている。主人はいささか頑固なところがあって、それは頭蓋骨の恰好からしておよそ察しがつけられそうな風貌をしている。売れればいいという方針ではなくて、自分の気質にミートした品しかおかず、客にいささか気品と誇りと〝志〟を抱かせようと努めているらしき気配がある。フライ・フィッシングの毛鉤の材料になる鳥の羽や熊の毛や鹿の尾の毛など、めぼしいものは世界中のほとんど何でもがそろえてあって、眺めていると眼に飽きがこないのである。だから、ミミズ、ゴカイ、エビヅルなどはいくら買手があってもけっして店にはおかない。バッチイ、というわけである。

某日、この店へいってみると、釣道具に並んで本がずいぶんおいてある。ことごとく釣りの本であるが、日本のもあれば外国のもある。外国のはたいていマス釣り、それも毛鉤釣りの本ばかりである。外国の毛鉤には創案者の名やエピソードのついたものがたくさんあるから、そういうことを調べてまとめた本がいくつかあり、雨の日に窓ぎわで読むとほのぼのしてくる。誰が、いつ、どうやってオジカの真似をすることを思いついて毛鉤に抽象的に具体的化して《マドラー・ミノー》などという名品を創りだしたかというような挿話を読むのは愉しみである。

「……書店だか釣道具屋だかわからなくなるくらいたくさん本があるね」

からかい気味にそういうと主人は凹んで苦笑し、頭を小指の爪で掻き掻き説明してくれる。近頃は川も湖も荒れ放題です。魚はスレるし、少くなるし、河原はゴミだらけだしで、せっかくの土曜日、日曜日にでかけようと思っても、それを思うと、ついたじたじとなる。そこで、エイ、めんどうだ、家で寝ころがって釣りの本でも読み、昔のよき日をしのぶよすがにでもしようかということになる。うちにくるお客さんには永年のおつきあいでアユならアユ、ヤマメならヤマメの名人クラスの人が多いんですが、そんな人までがそうおっしゃるんです。そこで御要望にこたえてこうやって本をおくようにしてみたんですが、結構これが出ましてね。釣道具屋が本をおくようになっちゃあ、もう御臨終でさあね。

「そういう人のことをね、インドア・フィッシャーマンとはいわないで、アームチェア・フィッシャーマンというんだって。肘掛椅子にすわって魚釣りをする人ってこと。ついでに本のほかに椅子もおいてみたら、どう？」

「いや、まったくです」

「困ったことだねえ」

「何とかなりませんかねえ」

主人は吐息をつく。雨降りのような顔になる。この人と知りあうようになってから、晴れた顔らしいものをついぞ見せてもらったことがない。口をきくとめらんこり屋である。まぎれもなく私もその一人であるが……

かれこれ九年も以前のことになるが、神田の釣餌《つりえ》屋さんの店頭で、ミミズとりが穴場を明かさないという話を聞かされたことがある。釣師はめったなことでとっておきの穴場を明かすものではないとされているけれど、それ以前にすでにミミズをとる人が穴場を明かさないというのである。あちらこちらハイウェイに団地にビルに工場にとなってコンクリの皮が張りつめられたものだからミミズをとるのが容易ではなくなったのである。ミミズをとるのは当時でもすでになかなかいい稼ぎになるのでたくさんのミミズ師がその店に出入りしていたけれど、今ではもっと増えていることだろうと思う。おそらくどこかで養殖をしている人もいるのだろうと思う。去年、京都へいったときに、パルプの屑でミミズを養殖して売っているという話を聞かされたことがある。パルプ・ミミズはどうも白っぽいうえに元気がないので困るとのことだった。ウナギやハマチを天然だ、養殖だと鑑別でモメるように、とうとうミミズも天然だ、養殖だといって争わなければならなくなってしまった。

フランスの子供は幼稚園で発音の練習に〝アン・ヴェル・ヴェール・ダン・ル・ヴェール・ヴェール〟と合唱させられる。〝緑色のコップに緑色のミミズ一匹〟という意味である。パルプ・ミミズが白くてダメなら、いずれ、赤く染める工夫をするようになるかもしれない。魚も人とおなじで色にはたいそう迷うものであるから、黒いミミズ、紫色のミミズ、緑色のミミズというものが売られるようになるかもしれない。しれないどころではない。すでにプラスチック・ワームといってビニールでミミズが作られ、無数の色をつけて、売りだされている。ブラック・バス釣りに卓効があるのだ。ことに大物は、夜になってから、紫色のを使うといいのだとされている。バス釣りのドバミミズはそれで問題が半ば解消されたとしても、ミミズは畑の寡黙だけれど徹底的で勤勉な耕作者なのであるから、それがいなくなったら、いったい畑土はどうなるのだろうか。ミミズの棲めないところには人も棲めないはずだけれど、それが穴場争いをしなければいけないというんだから、どうしたらいい？

頁の背後

一九六八年の初夏に私はボンで暮していて、高原のある山岳地帯へ旅をしたいと思い、通りがかりの釣道具屋に入った。その店の巨大な手をした質朴な主人にスピンナーやウォブラー（スプーン鉤）の操り方、選び方などの手ほどきをうけ、マスの川とパイクの湖の名を二、三教えられた。暗い水では明るい色のを、明るい水では暗い色のを選びなさいとか、パイクはバカで何にでも食いつくし、ひいたらよたよたと寄せられてくるけれど、水から顔をだして人の顔を見たとたんに最後の一跳ねをやる癖があり、たいていそのときに糸を切られるから気をつけなさいというようなことだった。ルアーを見るのはそのときが生まれてはじめてのことで、こんな玩具でほんとに魚が釣れるのだろうかと不安だったが、あちらの湖、こちらの川と攻めつつバイエルンの高原へのぼっていくにつれて自信がついてきた。釣りのベスト・シーズンが春と秋であることは日本もドイツもおなじだが、わるい季節であるはずの夏にも魚はよく釣れた。ドイツは法律のきびしい国で、釣りをするにも許可証が政府のと地方のとつねに二枚を携行していなければならぬわずらわしさがある。しかし、その障害を守り、他にいくつもある禁令を守って川岸にたつと、川にはたくさん生無垢でウブなマスがいる。私が釣ったのはバッハフォレレという種類のマスだが、これはドイツ国内にもあまりたくさん見つからない。ニジマスやブラウンのように大きく成長しないけれど、身がひきしまって固く、横腹には鮮烈でシックな水玉模様が散らばっていて、それが水しぶきをたてて跳ぶと、眼を疑いたくなるような華麗さである。夕方になって川からあがり、ゆるやかな牧場をよこぎってアウトバーンにでると、長い影をひいて宿にもどり、釣ったマスを料理してもらう。よく冷えたビールとシュナップス（火酒）をちびちび交互にやりつつ待っていると、やがて魚が皿にのってでてくるが、湯気のなかで眼をこらすと、魚の皮がソースに崩れ、水玉模様の一つがルビーの小さな玉のようにバターのなかで赤く輝やいているのだった。

帰国してから釣道具店へいってみると、その頃はまだルアー・フィッシングがほとんど知られていなかったので、スピンナーもスプーンも、ごくわずかの品種が売られているだけだった。おいてる店もわずかだったし、店主、店員の誰もルアー釣りの経験がないし、知識、理論、興味、いずれも稀薄であった。これが爆発的なブームをひきおこし、世界中のルアーと、リールと、竿とが洪水のように輸入されだしたのは一九七〇年頃ではなかったかと思う。湖へ釣りにいこうと思ってルアーを買いに釣具店へいくと店主や店員が物珍しげに寄ってきて、ホントにこんな物で釣れるのですかとたずねたりするありさまであった。私は神田の駿河台界隈の旅館にたれこめて仕事をしていたのだが、たまたま釣りの雑誌を見ると常見忠という人が新潟の山上湖でイワナをルアーで釣った話を書いている。そこで編集部に電話をして住所を教えてもらい、手紙を送った。すると常見氏は、某日、朝早く桐生からマイ・カーでやってきて旅館にのりこみ、兄弟二人して万年床の私の枕もとにたった。この兄弟は二人とも野球選手だったので体軀強健であった。二人で枕もとにたたれると、小さな部屋が壊れてしまいそうであった。そして兄弟は挨拶もそこそこに、いきなりたったまま、写真を一枚つきつけた。それはヒレのふちが白いからイワナであるらしいことはよくわかるのだけれど、まるでサケみたいな巨大さで、アングリとあいた口に図太い男の手がまるまる一つスッポリと入っているという構図であった。寝起きにいきなりそんな写真を見せられたものだから、すっかり私は眼がさめてしまい、あわててフトンからとびだすと足で蹴って丸め、兄弟にザブトンを一つずつ裏返してすすめ、すでに何年間も雨や風といっしょに手へたたきこみつづけたその豊富な経験談を一つ一つ聞かせてもらった。

翌年、一九六九年、『週刊朝日』の横田編集長が、秋元カメラと二人してまた何かやってくれないかと持ちかけておいでになった。そこで私としては、釣りのできる国では釣りをする、戦争をしている国では最前線へいくという和戦両様の構えの旅を提案した。秋元カメラとは六四年に二人でヴェトナムへいき、六五年にDゾーンのジャングル戦にいっしょに従軍してから別れたままなので、それは面白いということになった。じつは六八年にパリで〝五月革命〟という学生運動が炸裂したときに私はそれを観察にでかけ——バイエルンの山をおりてからである——たまたまおなじことを取材するために出張してきた秋元とパリで出会ったのだが、学生運動はヴァカンスがくるといっさいがっさいお流れとなって私は南下してサイゴンへいったのである。六九年にはアフリカではビアフラの飢餓戦争があり、中近東ではアラブとイスラエルが六日戦争以来の緊迫をつづけてたえず攻めた・攻められたを繰返し、ヴェトナムはやっぱり殺しあいをつづけていた。そこでアラスカのサケ釣りをふりだしに地球の上半身では釣り歩き、下半身へくれば戦場にでかけるというプランを二人してたてた。その頃は日本人が外国へ釣りにでかけるというのは思いもよらぬことだったので——その後たちまち常識と常習になってしまったが——一つの旅でたえまなく両極端を追求するという企画は破天荒のことに感じられ、『週刊朝日』編集部としてはその場で即決した。アラスカのサケ釣り、アイスランドかグリーンランドの北極圏の釣り、ドイツの高原の牧場の釣り、セーヌ川の釣り、戦場はビアフラ、アラブ、イスラエル、ヴェトナム、おおまかにそうプランをきめて出発した。羽田から飛行機にのりこみ、座席についてから、おもむろにポケットからルアーをとりだして秋元に見せると、彼はそれまでルアーのことなど何も知らなかったから、たちまち玩具だと思ってしまい、絶望とも狼狽ともつかぬ顔をした。

「そいつでサケを釣るのかい？」

「そうさ」

「アラスカで？」

「そうよ」

「アイスランドもかい？」

「そうよ」

「グリーンランドも？」

「そうよ」

「ドイツもかい？」

「マ、まかしといてくれや」

「……」

彼はそっと顔をそむけて眼を暗い窓にやったが、そのときの、彼の、詐欺にかけられたような、おびえた横顔を私はよくおぼえている。今でもときどき夜ふけにひとりで酒をすすっていると、見えてくることがある。

アンカレッジでおりて、レインコートやルアーなどを仕込み、キング・サーモンという寒村へ出発する。ここでキングを釣ろうと白羽の矢をたてたのは、赤坂のアラスカ州政府事務所でもらってきたガイド・ブックと地図を抑鬱症とアルコール浸りでどうかなってしまったアタマで私が分析した結果なのだが、何百と紹介されている穴場のうちで、ココダと私が踏んだのは、このキング・サーモン川と、もう一つ、ウッド・リヴァー水系であった。出発の何日かまえにアラスカ州政府事務所へいき、新垣女史にそのことをいうと、女史は眼を丸くして、じつは数日前にアラスカからきた水産学者に意見を聞いてみたらそこがいいといわれたばかりなんです、いったこともない国なのにどうしてそんなにピタリとあたるんですかと、たずねた。私は微笑したまま答えないでおいたけれど、地図だけで未知の土地の穴場をさぐることはすでに前年にドイツで若干経験済みであった。それと、あの、いつも説明しようのない、カンというものだった。私のそれは始終狂っているのだけれど、たまにはこういうこともある。

キング・サーモンは釣りにくいという定評がある。数が少いうえに剛力無双、そこへもってきて一匹ずつ戦闘方式が異るので釣師としてはあらかじめ予想がたてられず、その場その場の瞬間にすばやく対応しなければならないのである。イギリス人のマス狂に〝フィッシュ〟といわせたら、それはマスのことであって、他の魚はまるで魚ではないみたいだが、アラスカの釣師が〝フィッシュ〟といったらキングのことだとされている。一シーズンに一匹釣れたらラッキーだとされているこのサケはアラスカのステート・フィッシュ、つまり州の象徴として尊重され、保護されている。花はどうかというと、ワスレナグサがステート・フラワーとして指定されている。毛むくじゃらの巨人の象徴が路傍の小さな、小さな花なのだから微笑させられるが、もっとも遅れてアメリカの州となったアラスカ人としては文字通り、オレたちを忘れてくれるなといいたい気持が深いのだろうと察したいところである。キング・サーモン村は荒野のなかの寒村で、『キング・サーモン・イン』という釣師宿が一軒あるきりだったが、道ばたの草むらにはこの小さな、つつましやかな花が見えつかくれつ咲いていて、私たちはその道をたどって川岸へおりていき、釣りがすめばまたその道をたどって宿へもどった。雨の日には部屋にたれこめてウィスキーをラッパ飲みしつつ本を読んだり、釣鉤を研《と》いだりしてすごし、小さな窓から雨に煙る大陸を眺めた。

ヴェテランでも一シーズンに一匹か二匹だというのが相場だとすると私たちはラッキーだった。何日か無益に河のなかの一本の杭と化してすごしはしたけれど、私も秋元もキングを一匹ずつ釣ることができた。秋元は善戦敢闘してキングを足もとまでひき寄せることに成功したのによこから私が網を入れるときにちょっとヘマをやったものだから〝最後の一跳ね〟をやられ、逃げられてしまった。しかし、これで彼はルアーが玩具でも何でもなくて、みごとな用具なのだということが体でわかり、アンカレッジに引揚げるとまっさきに釣具店へ飛んでいった。またそれからあとスウェーデン、アイスランド、西ドイツと転戦するに従って図々しくなり、自信満々、私のキャスティング姿を見て、手首のスナップをもっときかせろの、竿さきのしゃくりにリズムがないの、もっとルアーを沈めてひいてみたらどうのと恐しいことをいいだすのだった。魚はいつ食いつくかわからないから決定的瞬間を待つあいだ彼は草むらに寝ころんだり、ウィスキーをちびちびやったりして気ままな感想を口にしていたらいいのである。糸の結び方からリールの操作からいっさいがっさいをつい昨日手にとって教えた弟子に今日は批評を食らわされるのである。しかし、すべて師とかチャンピオンとかは後継者にいつかは体をまたいでいかれるものなのである。セーヌ河岸で野良犬のように雨にうたれてふるえていた流しのイブ・モンタンをひろって一人前以上の大歌手に仕立ててやったエディット・ピアフも、ある日、古スリッパのように捨てられてしまったではないかと私は思いだして、微笑をうかべつづけることにした。

ウォルトンの『釣魚大全』の結びの一句は“Study To Be Quiet”（おだやかになることを学べ）で、これは聖書からの引用であるらしいが、ロンドンの彼の旧跡には壁に銅板がはめこまれてこの句がきざまれているのを私はたまたま散歩していて見かけたことがある。しかし、〝心に姦淫することなかれ〟の戒句のようにこれをとって心の内外ともに静謐であれと解するなら、私はまだまだ修業不足である。リールを巻いたり竿さきをしゃくったりしながら私の心はいまか、いまかとアタリの一瞬をジレジレと待ちつつ、他のことにすっかり奪われてしまっているのである。うまくいかない仕事のこと、金の悩み、あのこと、このこと、つぎからつぎへと妄念、妄想が湧《わ》いては消え、沈んでは現われしてとめどがないのである。それをジョイスのように内的独白で描出したら、よくもこれだけ卑賤、淫猥、怪奇、でたらめの雑音にみたされて狂わないものだと呆れたくなることだろうと思う。凡下はどこまでも凡下である。山に入ろうが海に出ようが、不定形の生はどこまでも多頭の蛇として追っかけてくる。そこへ魚が一匹トンと食いついてくれたら一瞬で輝やかしい、晴朗な虚無に心身を占められ、すべては霧散してしまうのだが、もし一日かかってノー・ヒット、ノー・フィッシュだとすると、夕方、暗い道をたどるときにのしかかってくる疲労はただ体のそれだけではなくて、一日中煮たり蒸らしたりしていた妄想の総量が加算されて、憂愁はとらえようもなく、とめどもないのである。そこで宿へもどるとルンペン・ストーブのよこにすわりこんでどうしても焼酎をちびちびやらずにはいられなくなる。釣れたら釣れたで一人ニタニタ笑いつつ乾杯に乾杯となる。フュッセンの高原の釣宿のヴアルトマンおやじは、ビールをちびちびやりつつ、《釣師と魚は濡れたがる》と名句を教えてくれたものである。魚は濡れたがる。釣師は濡れたがる。めらんこり屋も濡れたがる。

私は遅筆だから三年に一作か、四年に一作ぐらいしか書けない。年とともに書くのがむつかしくなり、つらくなり、永くかかるようになった。目下とりかかっている仕事はもう五年めになるのだが、トンネルのさきには一点の光も見えない。書きおろしの仕事をはじめると何カ月も家にたれこめたきりで閉門蟄居だが、いつのまにか足から力がぬけて、へろへろになる。たまに外出して地下鉄にのり、長い階段を一段ずつ踏んでのぼってみると疲弊が全身でわかり、恐しくなってくるほどである。すわりこんだきりでタバコと酒はやたらに吸収し、妄執を衰えさせないようにして耐えぬかねばならないのだが、これで体がどうかならなければそれこそどうかしている。そこで選んだのが釣りで、それも山奥でイワナやヤマメを追っかけて歩くのだから、これ自体はいいのだけれど、一度机のまえにすわりこんでしまうと、なかなかたちにくくなる。十年間ほど私はホテルや旅館や山小屋を転々と外泊して暮したことがあったけれど、服や原稿用紙をつめたスーツケースのほかに釣竿とリュックもかつぎこみ、思いたつとふらりと山へでかけたものだった。しかし、たいていは床の間にリュックを飾り、しらちゃけた午後、思いぞ屈して釣鉤をオイルストーンで研いでみたり、釣具店で買ってきた北極熊の毛を長軸の鉤に赤い糸で結びつけてストリーマーという毛鉤《フライ》を作ったり、ほどいたりしてすごした。北極熊の毛は一本ずつ中空になっているから、水中で軽快にとてもいい仕事をしてくれるのである。このフライには二種あって、餌になる小魚を模したイミテーターと、ただ魚の眠気をさまして眼をひきつけるためのアトラクター。どちらを作り、どちらを使うかは好みのままである。いきづまってダダをこねる仕事に一歩よこへ寄ってもらい、しかし、けっしてそれから眼は放さずに、せっせと鉤を研いだり、毛を選んだりするのである。

遊んでいるときだけ男は彼自身になれるといったのはハイネだが、遊びと危機が男を誘ってやまない。〝仕事〟のなかから遊びがぬけて仕事だけになってしまうと、仕事の意味と質が知らず知らずのうちに変ってしまって男の眼が乾きはじめる。危機のなかにも遊びがあるし、遊びのなかにも危機がある。いつだったか三島由紀夫氏の家のパーティーに招待され、白塗りのサロンでハイボールを飲みつつ立話をしたとき、書きおろしの秘密は何だろうかということになった。当時、書きおろしの習慣はようやく新潮社のそのシリーズが知られはじめてさほどの時間がたっていず、まだ小説家と編集者の心に根をおろしていなかった。私は書きおろしの仕事に着手したばかりで身辺と前方に濃霧がたちこめて途方に暮れていた。三島氏はたずねられると言下に、書きおろしをやるとまんなかあたりまできたら遊びたくなる、そこが魅力だなといった。そのときはさほど気にとめなかったのだが、自分でその後苦しんでみると、よくわかった。そのとおりなのだ。一篇をかりに起・承・転・結の四部にわけてみるとして、遊びが承の部分で起るか、結の部分で起るかは着手してみなければわからないが、雑誌に分載して毎月の割当分を消化するのにキリキリ舞いだというときには起らないことが作品のなかで起る。連載ではその月、その月の仕事を埋めることに追われて遊ぶ心が失われてしまうのである。つまりそれは仕事だけになってしまうのである。ある曲を演奏するのに十二回、二十四回、三十六回とコマ切れにわけて一年、二年、三年かかって弾《ひ》くなどということはあり得ない暴挙だがわが国の文学は雑誌ジャーナリズムで明治以後発達してきたから世界のどの国の作家もあまりやったことのない曲芸、曲弾きを作家たちは強《し》いられ、それが常習となったのである。二年間にわたって三十六回にわけて書かれた作品も本になれば読者は一気通貫、三時間で読む。読者は一曲を一回で味わうわけである。だのに作者は一曲を三十六回にわけて実践しなければならないのである。これは何といっても奇異な暴挙というべきである。しかし、書きおろしの仕事を三年かかって一冊を仕上げるというのであれば、かかった時間はおなじ三年であっても、時間の質がまったく異るのである。これはもうくどくどと書きたてるまでもない。その決定的な差の一つが三島氏のいう遊びである。これがあるとないとでは無機物と有機物ぐらいの相違が作品に生ずるのである。遊びは作品が成熟するにつれて進行するにつれて分泌されるものだけれど、読者に自由をあたえ、解放をあたえるという美徳がある。それは作品に即興のように見えはするけれど結末までいってふりかえってみれば深さと力強さと光沢《つや》をあたえているということに気づかせられるのである。おそらくこれは作品を書いていないときの作家の生き方についてもいえることではないかと思われる。作家は遊びと浪費——どんな形であるにせよ——によって知らず知らず根を養っているのである。女と旅が文学を養ってきた自明の理についてはいまさら言葉を新しく編む必要がない。これまでそうだったし、これからもそうだろう。さてそこで作品のために作家が気質にも好みにも逆らってこの二つに無理にうちこんでみて、卵が生めるものであるか、ないか。生んだとしても有精卵になるのか、無精卵になるのか。これまた、あまり、議論することは、ないのではなかろうか。

一九七七年二月

Ⅲ　河は呼んでいる

河は呼んでいる

アンカレッジには国際空港がある。市内にはモスキートと呼ばれるセスナやビーチ・クラフトなどの小型機専用の飛行場もあって、これは空のタクシーの駐車場みたいなものである。市内にはもう一つ、湖があって、これはビーヴァーと呼ばれる小型水上機専用の飛行場になっている。しかし、市の中心からちょっとはずれたところには、昔からの鉄道駅が一つある。これは私営の鉄道ではなく、川の経営するもので、アンカレッジからフェアバンクスまでいく。単線の線路がアンカレッジを始発駅として荒野、大渓谷、森林などをつらぬいてフェアバンクスまでいくのだが、上り、下り、ともに一日一便しかないというのんびりしたものである。

この線路を走るのはディーゼル車であるが、愉快なのは、荒野でも森林でも、乗客が好きなところで止ってくれ、おろしてくれと車掌にいいさえすれば、どこでも止ってくれることである。そこでおりて野宿しつつ好きなだけ釣りなりバード・ウォッチングなりをたのしんだあと、線路わきへのぼって旗をふったら、列車が止って、ひろいあげてくれる。つまりここの列車は線路を走るタクシーのようなものなのである。それもイヤイヤしぶしぶではなく、よろこんで、すすんでやってくれるという点に特徴がある。こういうサービスを〝フラグ・ストップ〟というのだと、阿川弘之氏に教えられた。

（ウッド・リヴァー水系で二週間釣りをしたあとアンカレッジへ出てきて、ホノルルから来た阿川氏とおちあい、この列車に乗ってみたが、そのいきさつは氏が〝マッキンレー阿房列車〟と題して某誌に書くとのことだったから、重複を避けたいので、私としてはここには書かないこととする）。

世界には無数の始発駅があるが、おそらくアンカレッジ駅はもっともわびしいそれであろう。駅前には自動車の狂騒もなく、信号の点滅もない。ないといったら何もない。丸屋根もなければ改札口もないのである。木造二階建の小さな家が一つあって、そこで切符を買うだけである。プラットホームといってもセメントを張った細長い台が、それも高さ二〇センチか三〇センチくらいのがのびているきりで、これまた改札口もなければ屋根もない。雨、風、雪、吹きさらすままである。荒寥とした構内には線路が何本となく走り、ディーゼル車が貨車をひっぱってのろのろとうごいたり、止ったりしている。車庫、倉庫、団地アパート、ハイウェイなどが見え、線路と線路のあいだの砂利にはペンペン草や、淡青色のはかないワスレナグサや、ファイヤ・ウィード（ヤナギラン）の赤い花などがちらほら咲いている。

この荒寥とした構内に一本の小さな川が流れて海にそそいでいる。海はすぐそこに、暗い、荒《すさ》んだ、ひっそりとした湾となってひろがっている。この川は堰のところではえぐれて深くなり、広くなっているが、あとは歩いて渡れそうなくらい浅くて狭い。しかし、この川はアンカレッジ駅を世界でもっともわびしい始発駅であると同時にとんでもない驚愕と豊饒の駅に仕立ててもいるのである。その驚愕と豊饒はまったく破天荒、まったくユニークである。まさにアラスカの象徴である。ワスレナグサやペンペン草を踏みしだいて近づいていくと、堰のところで暗い水が白く泡だち、無数の巨大なキング・サーモンが背びれを見せてひしめきあっているのである。それもべつに観光名所に仕立ててあるわけではなく、野放しのままである。この小川の上流にはハッチャリー（孵《ふ》化場《かじょう》）があるらしいのだが、ちょっと見たところではそれらしい小屋は何もない。

キングたちは産卵直前なので全身が婚姻色で染めあげられている。それは暗朱色の赤銅色で、しばしば沈んだ紫と見える瞬間がある。彼らは脂肪と精力ではちきれそうになり、その背と、肩と、腹のたくましさはみごとである。彼らはたえまなくうごきまわり、ころがりあったり、ひしめきあったり、ひたすら上流へ上流へとめざしながらそれが果せないので、あちらこちらで炸裂する。ほれぼれしたくなるような大渦があらわれては消え、消えては閃めく。壮烈と豊饒のこの声なき大叫喚には恍惚となって見とれるばかりである。場所のわびしさ、川のみすぼらしさがいよいよこころをつかまえてはなさない。

さて。

われわれの目的地はウッド・リヴァー水系である。アンカレッジから大型ジェット機で約一時間飛んでディリングハムという小さなサケ漁の町へいく。そこからおんぼろの飛行艇に乗りかえてよたよたとプロペラで一時間近く飛ぶ。このあたりは荒野と湖と川の無辺際の静寂があるだけで、山と山が迫った一つの湖のほとりにゴールデン・ホーン・ロッジという丸太小屋が一つある。そこに宿泊してビーヴァーやモスキートやボートであちらこちらの水へ釣りにでかけ、また、さらに一時間ほど飛んだところを蛇行しているヌシャガク河をゴム・ボートで野宿しつつ川下りをするというのが計画である。ウッド・リヴァーという河はおそらく氷河がつくったにちがいない傷跡を流れ、広くなったり狭くなったりして悠々と荒野と山を流れて海に入る。広くなった部分は湖になり、狭くなった部分は河である。つまりこの河は数知れぬ湖を何百キロにもわたって階段のようにつないでいるのである。

この河も、となりのヌシャガク河も、無数の湖のほかに、無数の支流、細流を持っていて、アラスカ産の淡水魚類はほとんど全種が棲《す》んでいる。サケではキング、シルヴァー、レッド、チャム、ピンク。マスではワイルド・レインボー。イワナではアークティック・チャー、ドリー・ヴァーデン、レイク・トラウト。ほかにグレイリングとパイクである。私が十年前、五十四年の夏にガンで死んだ秋元啓一と二人で釣りにきたときはこの宝庫の名声をさんざん聞かされたのだけれど、ベースとなるロッジがないので接近することができなかったのだ。それでやむなくずっと手前のキング・サーモン村に泊ってナクネク河でキングを釣ったのだった。しかし、ロッジができてからはしきりにその名声を聞かされるので、夜ふけの書斎でひとりでいらいらさせられてきた。今回はこの十年間に蓄積された焦燥の毒を一挙に放出するつもりである。ポンコツ車が白い湯気をたてて体をふるわせているのだ。走りだしたとたんにバラバラに解体しちまうかもしれないが……

ディリングハムの空港は草原に滑走路が一本あって、ほかには木造二階建の小屋があるきりで、夏の氷雨のなかをうろうろしている客はことごとく釣師、そしてサケ罐工場の季節労働の男女たちである。ここから飛行艇に乗りかえて奥地へ飛ぶのだが、これがまた鉄器時代のシロモノで、外部、内部、エンジン、座席、ことごとくよれよれのおんぼろ。あまりにもそれが念入りなので恐怖をおぼえるよりさきに吹きだしたくなる。右の眼で笑いながら左の眼でおびえつつヨタヨタがくがくとはこばれていくのである。

乗客の一人の初老の紳士は、これまた釣師だったが、シーツがやぶれかぶれになって赤錆びだらけのアルミ枠が露出している座席にすわると、カメラをとりだし、

「これは傑出しているな」

ひとりごとをいってシャッターをおした。そしてカメラをしまいこむと、薄暗いなかで悠々と本を読みはじめた。その題を見ると、『ブッシュ・パイロットの最後』とあった。

ゴールデン・ホーン・ロッジは低いが鋭い山にかこまれた蒼い湖の岸にあった。典型的な開拓時代のログ・キャビン、丸太小屋で、削りっぱなしの頑強な丸太をあくまでもまっとうに正直に一本ずつ組みあわせた二階建である。外部も内部も徹底的に古風に丈夫一式で作ってあり、巨大な石組みの暖炉も装飾ではなくて丸太をどんどんほうりこんで燃やすようにできている。壁にはクマの毛皮、ムースの角、ニジマス、レッド・サーモン、グレイリングなどのフィッシュ・マウント（剝製）。窓ぎわのテーブルには毛鉤《けばり》を作るためのヴァイス、無数の色の糸、鉤、接着剤、鳥の羽、ハリネズミの皮、ホッキョクグマの毛皮などが散らばって、教科書も何冊か積んである。コーヒー・カップを持ってそのあたりをうろついたり、ポーカーをしたりしているのはことごとく釣師で、テキサスの実業家の親子連れ、部下を二人連れたミネソタの実業家、ミズーリの外科医、フロリダの若い歯医者、たった一人でブリュッセルからやってき

たベルギー人の紳士などであった。

これらの紳士諸氏を世話するのが平均年齢二十四、五歳の若い男女ばかりで、ハワイ、カリフォルニア、アイダホ、フロリダ、ニュー・ハンプシャーなど、USA全土からはるばるやってきたガイとギャルである。ホモ・モーヴェンス（うごく人間）の集群である。彼らはのべつ冗談をいいながら朝から晩まで骨身惜しまず、じつによく働く。のべつ笑い、のべつうごきまわり、酒も飲まず、タバコも吸わず、マリファナもやらずヘロインも知らない。爪が垢や機械油でまっ黒だというだけである。そしてしじゅうシット（雲古）だの、ファック（御芽子）だの、ブルシット（ウシの雲古）などと叫んだり呟やいたりしているが、これは日本語でいうクソ、ヤロー、オキャアガレなどであるから、読者諸兄姉は、何も顔をおしかめになることはないのである。おまけにお客の紳士諸氏までが彼らといっしょになって負けず劣らずシット、ファック、ブルシットと口走りあっている。そのうち私までが感染して、会話はヴェトナム難民並みなのに罵辞だけは一人前の華麗さを帯びることとなった。日本語は世界でも類がないくらい罵辞の乏しい言語だから、それで子供のときから育てられた私には抗体がないので、やすやすと汚染されてしまった。自然は放埒にして精緻である。何。お下劣ではございませんかと？　キス・マイ・アス！（おれのけつをなめやがれ）

……

　到着した翌日、朝から空が狂人の額のようで、暗く重く低く雲が抑圧し、いやな氷雨がしょぼついていたが、われらはビーヴァーに乗りこんだ。いっしょにいくのはテキサスからきた実業家の親子で、父は見あげるような長身で髪がみごとな銀髪である。息子がまたおなじくらいの長身で、少年のような柔らかい頬ときれいな眼をしているがすでに三人の子持ちだとのこと。父はきわめて快活、晴朗で、しじゅう冗談をいっては大声で顎《あご》をそらせて笑う。狭いビーヴァーの座席にぎゅう詰めにつめこまれて私と肩を並べて、突然、ドイツ語で、ドイツ語が話せますかと、たずねる。私がドイツ語で、いや、ドイツ語は忘れましたと、答える。

　ブルックシャー氏は英語でぶつぶつ、ドイツ語は話せないと呟やき、ア、ハ、ハと笑う。しばらくすると今度はフランス語で、あなたフランス語は話せますかと、たずねる。そこで私は、フランス語ならちょっとだけ話せますと、答える。近頃は日本の小説家も一行ずつそれだけぐらいならドイツ語もフランス語もできるのである。ただしそれだけであって、けっしてそれ以上ではない。ブルックシャー氏はふたたび低く笑い、英語で、フランス語は話せないと、いう。またしばらくすると、スペイン語は、またまたしばらくすると、ロシア語は、とたずねる。そしてそのたびごとにテキサス英語で、スペイン語はできない、ロシア語はできないと、いうのである。この人の語学はすべて一行きりである。

それなのにどういうものか三十分か一時間おきにシュプレッヒェン・ジー・ドイッチェ？　だの、パルレ・ヴー・フランセ？　だのとおなじことをたずねては大きな声で愉しそうに笑う。あまりお目にかかったことのない趣味だけれど私は気楽にくつろぐことができるので、そのたびごとにヤーだ、ナインだ、ウイだ、ノンだと、小さく叫んで、笑う。右に左にビーヴァーはゆれながら冷めたいお粥のような濃霧をかきわけかきわけ飛んでいく。湖をわたり、川をこえ、峡谷に入り、峡谷をぬけ、劫初の北の静寂のなかをかすめ飛ぶ。二度ほど荒野を孤独なムースが堂々と大角をふりあげて走るのを見る。鹿の気品と牡牛の重厚があって、みごとであった。

ティクチク湖は広く、暗く、蒼ざめて、そして峻烈であった。氷雨が本降りになったうえ風までてきて、牙のように白い三角波がたちはじめた。小さな川の流れこみへビーヴァーを近づけ、ロープで灌木にくくりつけてから釣りにかかる。この湖を上空から見おろした人は水のある月面クレーター、蒼い墓場、死の鏡、永劫の寂滅などと呟やくことであろう。しかし、シンキング・ルアーをつけて竿《さお》をふってみると、ほとんど一回ごとに五ポンド、六ポンド、五〇センチ、六〇センナのレイク・トラウトが釣れた。湖のその場所はたちまちテキサス人の叫声、笑声、日本人の叫声、笑声、水の炸裂、渦としぶき、忘我と恍惚で祝祭の大騒ぎとなった。

この魚はイワナの一種で全身に白斑が散っているが、ふだんは湖の底深くに棲み、春の産卵期にだけ表層にでてくるので、〝北方の隠者〟と呼ばれたりする。成長は遅いが長生きするので、トロフィー・サイズのになると四〇ポンド、五〇ポンドになる。しかし、今日、ここでは、どうしたことか、小川の流れこみのさほど深くない沖に魚は大群をつくって集って祭日のイタリア人のように上機嫌で、貪欲で、慓悍《ひょうかん》である。釣っては逃してやり、あげては鉤をはずしてやりしていると、凍えた指がたちまち傷だらけになって血が流れた。

「……どれもこれも肉がプリプリしてる。寄生虫もついてないし、傷もない。この魚は肉食性だから、この湖にはよほどの小魚や何か餌になるものがあるってことだ。ということは、よほどプランクトンや栄養塩があるってことだよ。ということは、よほど水と土と植物の関係がいいってことだ。紀元が始ってからまだあまりたってないんだね。釣師は川岸のシャーロック・ホームズなのさ。一匹の魚からいろんなことがわかるのさ。わからねばならない」

「するとぼくはワトソンですか？」

「そうさ。医者の鞄とタックル・ボックスはそっくりだよ」

生れてはじめてルアー・フィッシングをやり、生れてはじめて糸の結び方を教えてもらったその五分後に足もとで五〇センチも六〇センチもあるイワナが跳ねまわるので、ビン（鈴木君）もミズー（水村君）も茫然としている。雨合羽のフードのなかの顔は、眼鏡から鼻さきから氷雨をポタポタたらし、唇が紫いろになっているが、眼は朗らかに酔って、パチパチと音をたてそうである。

腰まで水につかり、弓なりになった竿に抱きつき、ブルックシャー氏が、銀髪をふりみだして、ドイツ語で、

「ドイツ語は話せるか?!」

と叫ぶ。

私は竿をふりながら、

「忘れた、忘れた！」

と叫ぶ。

いつも軽くしびれてしくしく痛む右手が氷雨やリールの金属の肌やで骨まで冷えこみ、凍りついたみたいにこわばっている。竿をふった瞬間に疼痛が右腕を走りぬけて肩をふるわせる。しかし、電撃が糸から竿の穂さきに達した瞬間、三十年が消える。十八歳の声が洩《も》れる。昇華する。放電する。

氷雨が音をたてはじめた。

翌日も朝からびしゃびしゃと氷雨。テキサスやシカゴの紳士たちはロッジにたてこもってドミノやバック・ギャモンをして鬱をうっちゃる。私は部屋にたれこめて、一

日中、泥のように眠りこける。夕方になって部屋から這いだし、夕食の席でシアトルから来た若い詩人と仲よくなる。カリフォルニア・ワインを飲んで何やらランボォやプレヴェールの話をするうちにデッド・ソルジャー（死んだ兵隊・瓶がからになること）が何本となくでき、気がついたらめろめろ。つぎに気がついたらベッドで靴をはいたまま寝ていて、膀胱がハチきれそうになっている。発電機が止まっているので、電燈、水道、トイレ、何もわからない。ぶんぶん唸る熱い頭で暗闇のなかをあちらこちらへ手さぐりで歩きまわるうち、バック・パッカーにつまずいてひっくりかえったり、壁に頭をぶっつけたり、シャツと格闘してひっくりかえったり。そのうちとうとうたまらなくなってタンクをひらいたら気の遠くなるような快感が全身を走った。それを背負ってベッドにころげこんで、また泥睡。翌朝になって恐る恐る調べてみると私のシャツや服や雨合羽だけが床《ゆか》に落ちて散らばっている。ところが奇妙なことにそのどれひとつとして濡れていないのである。しとどに浴びたはずなのに御叱呼の匂いもワインの匂いもしないのである。床も壁も濡れていない。その気になってさわってみたらシャツはかすかにしっとりしているかいないかと感じられるという程度である。すっかり感心して、そのまま着ることにした。

その日は快晴だったので釣道具のほかにテントや寝袋など世帯道具一式をビーヴァーに積みこんで出発した。ウッド・リヴァー水系の山と湖をぬけだして背の低いスプルースの生えた、あちらこちら無数の水たまりや池のある、渺茫《びょうぼう》とした大平原を、機は自身の影と平行になってまっしぐらに一時間ほど飛んだ。道路、屋根、自動車、煙、何もない。動くものもなく、閃めくものもない。月の表面のような大平原である。そのうちにたくましく蛇行するヌシャガク河が見えてくる。その一点に機が水しぶきたてて着水して接岸すると、しばらくして上流からアルミ製の平底のボートに乗って一人のヒゲづらの若者がやってきた。そこで荷物一式をこのボートに移し、ビーヴァーは飛去り、われわれは上流に向い、ある岸辺の灌木林のかげに張ったテントにつれていかれる。

「……ぼくの話をしてるんでしょう？」

「？」

「あなたたちは三人でぼくは一人だ。これが問題なんだな。コミュニケーションの問題がある」

私とビン（鈴木君）がボートをおりしなに何か話しあっていると、若者がロープをおろしながらうつむいた姿勢でそんなことをいう。気にすることしないよ。気楽にやれや。ビンがポートランド仕込みのグッド・イングリッシュでそんなことをいったら、若者はたちまち元気になってニコニコした。

スティーヴ・ナイト君。二十二歳。長身。屈強。ニュー・ハンプシャー出身。大学でバイオロジーを勉強するが、教授が凡庸で教科書にある通りのことしか教えないので、いずれコンピューター学に転向しようかと思っている。小説はよく読むがSFのファン。ただし、善玉と悪玉がはっきりしていて善玉が最後に勝つという筋でないといけない。目下、ゴールデン・ホーン・ロッジのフィッシング・ガイドをして学資を貯えている。ここでガイドをするのはすでに二シーズンである。

長髪と陰毛ヒゲが流行するようになってから白人の顔は海賊かキリストか二つのうちどちらかに分れるようになったが、スティーヴ君はだまっていると十二使徒のうちの誰かの遠い親戚みたいに見えるが、笑うと年齢が顔にでて坊っちゃんくさくなる。酒は飲まない。タバコは吸わない。ただし、誰かが吸っていると、ときどき寄っていって、低い声で、一本借りられませんか、いつかきっと返しますよ、といってつまんでいく。そこで箱ごとさしだすと、手をふって、けっしてうけとろうとしない。昔、私が禁煙しようと思って何度か試みた手である。もちろんそのたびに失敗をした。この手は悪くない手なのだが失敗をしたときは借りるたびごとの恥しい思いが総計して加算されるのが欠点である。

このスティーヴ君に案内されるままにわれわれは六日間、野宿しつつ川下りをし、ひたすら釣りにはげんだ。はじめの予定では三日間だったが、どういうものかいつまで待っても迎えのビーヴァーがやってこないので、ままよと腹をきめ、流れるままに流れていったのだった。食料がたちまち切れたので、いつもはキャッチ・アンド・リリース（釣っては逃がしてやる）が私の方針だが、やむなく釣ったうちの一匹か二匹をのこしておいて飢えをしのいだ。ゴム・ボートに荷物を満載してロープでしっかりと固定し、それをアルミのボートでひっぱるという方式で川をおりていくのである。いいポイントにくると二度か三度上ったり下ったりして攻めたあと、また、ゆっくりとおりていく。夜の九時頃になると、陽はまだ午後四時頃のように明るいが、岸に寄っていって、蚊の少いところ、石ころのないところ、地面の平らなところを選んで上陸し、テントを張って、火を焚きにかかる。この季節には産卵直後の断末魔のサケが岸辺でヨロヨロしていて、それを狙ってクマがでてくる。どこの岸辺にもクマの足跡とムースの足跡がいっぱいある。古いのもあるが新しいのもある。そこでつぎの三つを忘れるなと、スティーヴ君に教えられる。

①サケを岸から追っ払え。
②歩くときは口笛を吹け。
③食物はテントの外にだしておけ。

「ぼくがクマにやられたら、あなた方のうちの誰かがガンでやって下さい。操作は簡単で、今、教えてあげます。ソフト・ノーズの弾丸が三発、ハード・ノーズの弾丸が三発入っています。ソフトは相手に大穴をあける。ハードは貫通します」

スミス・アンド・ウェッソンの六連発の輪胴式のピストルをどこからか持ち出してきて、スティーヴ君は、弾頭に鉛をかぶせたのとかぶせないのと、三発ずつの弾丸を、一発ずつ交互にレンコンの穴につめて見せる。昼間ならまだしも、じっさいに夜なかにクマに襲われたら、ピストルをさがすだけで一騒動だろうし、第一、まっ暗闇のなかでどう狙いをつけていいものやら、見当のつけようもあるまい。しかし、ま、いわれるままに両手にグリップをにぎって、引金をひく。黄昏の川と森をつらぬきはねとばして、轟然、荒野を、直進の意志だけにみたされた響きが疾走して、消える。

ヌシャガク河はアラスカでも指折りの名川である。ということは、世界でもおそらく指折りの千石場所だということであろう。しかし、どうやら上流と沿岸に木と草が少いらしくて、根が土をしっかりつかまえてくれていない。雨が降るといっせいに土が流れだし、いつもはクリスタル・クリア（水晶のように澄んでいる）、ジン・クリア（ジンのように澄んでいる）、顔も映らないくらいに澄んでるんだというスティーヴ君が何度となく弁解したが、まるでアマゾン河のような泥河と化している。おまけにキング、レッド、チャムなどのサケは最盛期が一週間前に終ってしまったとあって、初日はまったく不毛といってよかった。二日めも午前中は不毛で、午後になってからちょっと当りはじめた程度であった。

しかし、それもグレイリング、ドリー・ヴァーデン、チャム・サーモン、いずれも世間知らずの、好奇心が旺盛で元気いっぱいではあるけれど、とどのつまりお坊っちゃんばかりで、いじらしくはあるけれど、五年たったらまた会おうよといいたくなるだけである。もともと釣りは静粛一途が要求される芸術でありスポーツであるし、べつに誰にいわれなくても口をきかなくなるものであり、わきたつ思惟はたわむれのも系統だったのもことごとく体内に蓄積されるだけであるが、四人が四人ともむっつりして口をきかなくなり、ときたま小魚が釣れるとひきつれたような笑声をだして手もとへひきよせ、鉤をはずして逃してやる。スティーヴ君はすっかり不機嫌になり、川岸の夕食がすむと、うなだれたまま、申訳ない、申訳ないと、呟やく。それを何やかやと慰め、はげましてからテントに入り、半壊れの組立式ベッドに寝袋をひろげてそろりそろりともぐりこむ。しばらくするとスティーヴ君が入ってきて泥まみれの靴をぬぐ。見るともなく片目をあけて見ていると、彼は靴をぬいでから一度、頭まで寝袋にもぐりこむ。それから吐息をついたり、呻めいたり、舌うちしたりする。やがて泥だらけの手が寝袋からでてきて、シャツをぽいと捨てる。つぎに手が消え、またでてきて、今度はよれよれのジーパンをぽいと捨てる。ジーパンの下に彼が何もはいていらしいことは、昼間、ボートから御叱呼をなさるときに瞥見してある。つまり彼は寝袋のなかでは全裸であるらしいのだ。ちょうど繭のなかの何かのころころした幼虫とおなじ状態になって寝るのであるらしい。

このあたりで大いなる野外での生活の光栄と悲惨を語っておくのも一興であり、経験者の義務であるかとも思われる。二つのうち光栄のほうはつぎに語るとして、光栄でないほうについて、まず、書くこととする。その筆頭は蚊と羽虫である。アラスカと聞けばたいていの人はエスキモー、吹雪、凍土、氷山、シロクマ、サケ罐、最近では北極圏の海底油田、年配の人ならかつてのゴールド・ラッシュとチャップリンが溌剌とからかったその映画、こういったことを連想されることだろうと思う。アラスカに蚊がいるなどとはふつうの人ならまず思いつきようのないところであろう。しかし、アラスカには蚊がいるのである。われわれが川下りをしたブリストル湾地域のみならず北極圏にまで棲息しているのである。それもしたたかな密度においてである。アマゾンの蚊はアノフェレスでマラリア持ちであるが、夕方六時に日が沈んでから七時までの一時間にかぎり猛攻また猛攻をかけてきた。しかし、アラスカの蚊は毒こそ持っていないが朝、昼、晩、場所も川岸、灌木林、湖畔、いっさいおかまいなしである。いつでも、どこでも、いつまでも、徹底的につきまとい、徹底的に刺しまくる。雲古を木のかげでしようと思うと、両手でのべつ左右のお尻《しり》をぴしゃぴしゃ叩いていないことにはたちまち凸凹になる。どう叩いたところで蚊の数は無数、こちらの手は二本、所詮かなわぬものと覚悟しておかなければならない。ためしに手のひらにつぶされたのをなめてみると、にがい味がする。

この蚊を防ぐために薬液を顔や手に塗る。釣師や兵隊のあいだでモスキート・ジュースとかジャングル・ジュースなどと呼ばれるやつで、かつてヴェトナムの最前線で寝起きしていた頃、さんざん御厄介になったものである。これにはローション、クリーム、スプレイと何種かあるが、毎年、品質が向上していくようである。これを塗るとたしかに蚊は寄りつかない。その点は何といってもありがたい。これはアウトドアー・ライフの不可欠品である。このジュースは何かのはずみで眼に入ると焼けるように痛いし、なめると手荒くにがい味がする。何度も何度も塗りかさね、毎日毎日それをつづけていると膚が荒れて、カサカサになったうえ、皺がより、人間の手というよりはイグアナみたいに見えてくる。しかし、それでも汗で薬が流れたあとはすかさず蚊が刺すから、やっぱりアラスカはかゆいのである。

そして、これに、ゴムのウエイダーからたちのぼる怪異な匂いがある。私はチェスト・ハイといって胸のあたりでピタッと止まるゴム製のを使っていたが、これは川のなかでころんでも水が少ししか入らないかわり、胸から下がトルコ風呂に入ったみたいに蒸されてびしょびしょになり、まるで水に浸ったような濡れかたである。これを朝から晩まではいたままで、それを毎日毎日つづけてごらんなさい。三日め、四日めにはズボンから酸っぱいような、甘いような、たまらない異臭がたちのぼってくるのである。人体の汗のなかには、ふつう私が知っている〝汗〟の匂いのほかにじつにおびただしい要素が含まれているのだと、したたかにさとらされる。私のズボンは中古もいいところだけれど野外用に作られたものだから濡れてもすぐ乾いてくれる。しかし、脱臭まではやってくれないから、いいようのないじめじめネバネバした憂愁につきまとわれ、犯される。

氷雨がしとどに降って、テントを小さな、無数の太鼓のように打つ。それを聞きながら垢とヒゲにまみれ、ズボンの悪臭に顔をそむけ、茅ケ崎市内で一番美しいといわれた額も蚊と羽虫で見る影もなく凸凹になったその跡を、一つ、二つとなでる。ロッジを出るときにひとつかみバッグのなかにほうりこんできた百人一首を、一枚、二枚、読むともなく読んでみる。

はるすぎて　なつきにけらし　しろたへの　ころもほすてふ　あまのかぐやま

やへむぐら　しげれるやどの　さびしきに　ひとこそみえね　あきはきにけり

ビンとスティーヴの二人が顔いちめんの陰毛のなかにうずくまって、ぼそぼそと、話をしている。一人はタバコの煙の行方をぼんやりと眺め、一人は指のまっ黒の爪をしげしげと眺めている。聞くともなく聞いていると、途中からの傍受なのでよくわからないが、何でも、クマはすごくくさいという話である。日本ではクマに襲われたら木にのぼるか、その場で死んだ真似をしたらいいといわれてるのだと、ビンがいう。ここらでもそういわれてるが、アラスカの木は低いから、死んだ真似のほうがいいということになると、スティーヴがいう。ハ、ハンと、ビンが鼻を鳴らす。くさいんだ、クマはくさいんだ、たまったもんじゃないと、スティーヴは呟やき、フ、フ、フと低く笑う。

聞いたら怒るぜ。

クマが。

ヴァンクーヴァーのスタンレイ・パークへいくとカワウソが滑り台をすべって遊んでいるのが見られる。頭の丸い、水かきのあるダックス・フントといった恰好のこの小動物はよちよちと滑り台にのぼってツルツル、ドボン、水中にころげこんでは岸に泳ぎついて、またよちよちと滑り台にのぼっていく。アイルランドでも、カナダでも、アマゾンでも、この小動物はつるつるした粘土の坂を選んでそんな遊びをして暮しているらしい。遊びに飽きると影のように素速く水中を走って魚を追う。おなかがいっぱいでも気が向けばかたっぱしから魚を追ったり殺したりし、殺した魚はどこかそのあたりへおっぽりだしたままでどこかへいってしまう。そういう点では人間によく似ている。

十年前のある朝、キング・サーモンを釣りにボートでナクネク河をさかのぼっているとき、上流から黒い枕のような物が流れてくるのを見た。それはカワウソの母と子だった。母が水面に仰向けに寝ころび、その腹の上に子をのせ、ぶきっちょな前足二本で子を抱えるようにして川を流されるままにぷかぷかと下ってくるところだった。ボートがすれちがうとき、母のカワウソは丸い、小さな頭をちょっとかしげてこちらを眺めたが、逃げも隠れもせず、そのままの姿勢で下流へ消えていった。ちょうど枕に頭をのせて寝ている人が部屋に入ってくる人をものうげに枕の上で頭をめぐらして見上げるのとそっくりの姿態であった。このときのカワウソの図太いまでにのびのびとした、静穏な、愉しげな姿態を、乱雲の裂けめから弱い日光がところどころに射している北の暗い朝の川といっしょに、その後もしばしば私は思いだすのである。自身を追いつつ自身に追いつめられて万策尽き、胸苦しくてどうしようもなくなったような瞬間に、よく思いだす光景である。

ヌシャガク河の川下りでもこの遊び好きの小動物がふたたび見られるだろうかと、ひそかに期待していたのだが、とうとう見られなかった。そのかわりにいたるところでビーヴァーの水音を聞くことができた。この小動物はずんぐりむっくりの風貌にも似ずきわめて神経質なので、野生状態ではなかなか全身を見せてくれない。夕方になって支流のおだやかな湾でキャスティングをしていると、しばしばすごい水音がする。さてはキング・サーモンが跳ねたかと、思わずビクッとなってそちらをふりかえらずにいられないが、これはビーヴァーがその尻尾で水をたたいて、さっさといっちまいやがれ、この野郎、といってわれわれをおどかしているのだ、というのがスティーヴ君の説明であった。つまりその水音はライオンの咆哮やサイの地響きにあたるものらしいのだが、いつも突然で、いつも姿を見せず、いつもちょっとはなれたところで起るというのが特徴であった。威嚇としてはきわめてつつましやかなものだが、ビーヴァーにしてみればそれが精いっぱいなのであろう。

ある朝遅く、川を下ってきて、突然、ビーヴァーの子供二匹を岸辺に発見した。発見したのはスティーヴ君である。すぐさま船外モーターを切り、一本のオールでそろりそろりと川底をついて接近していった。小さな木の切れっぱしが乱雑に積みあげられたなかに二匹の子供がずんぐりむっくりの体を寄せあって、あたたかい日光を浴び、うとうとと居眠りをしている。ミズー（水村君）はレンズをつぎつぎと交換しつつシャッターを押す。われわれは息を殺してつぎつぎとクラッカーやピーナッツを投げる。一匹はときどき頭を上げて匂いを嗅ぐそぶりをするが、眠気のほうが強いらしくて、すぐもとにもどって口をもぐもぐさせつつ居眠りに陥ちこむ。もう一匹はシャッターの音をうるさがってヨタヨタと走り、どぶん、水中に消えた。

「ママはどこへいったんだろう?」

「スーパーへ買物にでかけたんだろう」

「どこのスーパーだ?」

「セーフウェーか、それともシアーズかな」

「これは素晴しい光景だね」

「ママはどこか近くから見てるんじゃないか」

「きっとそうだな」

四人はズボンのすごい匂いや、二日酔いの口臭や、蒸れてにごったニコチンの匂いをたてつつ顔を寄せあって、日本語やら英語やらでひそひそささやいたり、クスクス笑ったりし、恍惚となってこの光景に見とれた。のびのびくつろいでいる野獣をその場でのぞき見するほど豊饒な愉しみは他にめったにあるものではない。これにくらべるとタイムズ・スクェア界隈の御芽子ショウなど、卑小、荒涼、とてもお話にならない。あれは見ていると心身ともにうそさむくなって肺炎になりそうである。淫風ならまだしも、陰風が吹いてくるのだ。

クマとムースの足跡、また、糞などは、いたるところにあり、そのたびにスティーヴ君が教えてくれるので、たちまち見わけがつくようになった。どれくらいの体重かはわからないまでも、新しさや古さもわかるようになった。いつも私は彼らにどこからか背後から観察されているように感じるようになった。私が彼らをのぞき見したがっているように彼らもわれわれをのぞき見したがっているのではあるまいかとも感ずるようになった。しかし、六日間の全行程を通じて、とうとう一度も対面は起らなかった。ビーヴァーは水音だけはよく聞いたけれど、その後ふたたび子供も親も姿を見ることはできなかった。何種類かのカワセミが前方の木の枝からふいに水音たてて小魚を追って潜水するのはよく見かけた。ルーンという、ウのような、大型のカイツブリのような水鳥があちらこちらに潜ったり浮上したりするのは、これまた、よく見かけた。ボディーゴというのはハクトウワシの子供であるが、これは何羽もつぎつぎと、低い灌木の梢から梢へ悠々と飛んでいくのを見た。これはこの国の国鳥というか、象徴というか、そういう扱われかたをしている鳥で、ルーンやカワセミにはいちいちふり向かないスティーヴも、この鳥を見かけると、そのたびに畏敬もしくは親愛と感じられる低い声で、ボディーゴ、ボディーゴと、呟やいた。

毎朝、テントから這いだすと、濃い霧がいちめんにたちこめて、太陽はおぼろな目玉焼のように見える。蚊に攻めさいなまれながら儀式をそそくさとやり、流木を拾い集めて火を焚く。煤でまっ黒になった凸凹のポットでコーヒーをわかし、一つきりの鉄鍋で怪しげなことかぎりないがおいしいこともかぎりないホット・ケーキのベーコン添えを食べる。それからテントをたたみ、寝袋をたたみ、ポットを川で洗い、鉄鍋を洗いしてゴム・ボートに積みこんで出発する。日がたつうちに毎日少しずつ水が澄んできたことと、おそらく私たちが川になじんでルアーの操作が上手になったためであろう。はじめのうちは非情、冷淡きわまりなかったヌシャガク河もさまざまな微笑で湧きたったり、裂けたり、渦をつくったり、しぶきを散らしたりするようになった。

この時期には上流で産卵したサケの卵が川底をころがって流れていくので、それをめがけてグレイリングや、イワナ類や、ニジマス、川棲みの若いサケなどが集ってくる。だからルアーは何であれ、サケの卵を連想させるようなものがもっともきくということになる。いろいろと試してみたが、結局のところピクシーとメップス・アグリアの4番、5番、この二種が最上だとわかった。この二種さえあればこの時期のアラスカの淡水産魚類はほとんど全種が釣れるとわかった。コツは二つともよく川底まで沈めて砂利の上を這うように舐めるようにして泳がせることである。もちろんスナギング（根がかり）はしょっちゅうだが、それで失うルアーは授業料だと考えて、あらかじめ覚悟しておかねばならない。しかし、これまた慣れてくればとしか書きようがないのだが、慣れてくればひっかかる瞬間に回収でき、ひっかかっても重傷になるまえにはずすコツがのみこめてくる。キャスティングのポーズとスナギングのはずしかたを見れば、ほぼその人の経験の度合と腕がわかるといっても過言ではない。釣れる釣れないはそのつぎの問題である。

イワナ類ではアークティック・チャーとドリー・ヴァーデンがよく釣れた。レイク・トラウトは湖に棲むイワナで、川でもときどき釣れることがあると専門書には書いてあるが、この川では釣れなかった。レイカーもチャーもドリーも水中では果敢に標悍によくたたかうファイターであり、そのうえドリーは艶麗なほど美しく、大きくなるほどいよいよ美しいので、愉しい魚だが、キング、レッド、シルヴァーなどのサケ類、またレインボー・トラウトなど、巨体の満身の精力をふりしぼって水上に跳躍してたたかうファイターとくらべると、やっぱり指はこちらに折りたくなる。どちらにしたって鉤をはずして逃してやることには変りはないのだが、何度となくジャンプして走ったりころがったり、最後の最後までたたかう魚には惚れぼれさせられると、人間は勝手なことをいう。釣師は魚に自身の投影を見たがっていて、闘志満々の魚に遭遇すると、糸という電線をつたってその気力がこちらにほとばしりこんでくるように感ずるのである。精悍、老獪、気まぐれ、貪婪、賢明、器用、阿呆、魚もさまざまな性格を持っているが、釣師はどの性格も自身の分身と感じているのである。川以外のどこでも不分明にしか感じられず、とらえようもない自身の、何か、もしくはすべてを、ここで全身で確認したいのである。肉眼で目撃し、しぶきを浴び、爪をたて、身ぶるいと沈黙で、裸の膚に刷りこみたいのである。裸の瞬間におぼれ、かけこみ、再充電したいのである。信者が教会に出かけるように釣師は川へいく。川という参道を持った空と森の大伽藍に詣でる。教会に何日も何日も宿泊する信者の話は聞いたことがないから、ひょっとすると釣師は、異端者として迫害されて荒野をイナゴを食べつつさまよい歩いていた時代の無名の信者の一人になぞらえたほうが、より適切であるかも知れない。

ずっと以前に私は西ベルリンのツォーの附属水族館でアメジストの閃光を発しつつ泳いでいるグレイリングを見て感動したことがあった。その後この魚についてはたくさんの解説を読み、写真を眺めて、ひそかに憧れてきた。この魚にも何種類かあるらしいのだが、人によっては、ことにヨーロッパ人の釣師にいわせると、ひどく神経質で、気むずかしくて、厄介な、それゆえ夢中になって追いまわさずにはいられない魚で、北方の川の王女様だというのである。私は永いあいだその気まぐれを高貴、素速さを資質、美しさを天稟と感じてきたのだった。この魚は大きな、つぶらな眼と、小さなオチョボ口、背びれが扇のように幅広くて大きく、美しいホクロがあちらこちらに散らばり、緑、赤、金などに輝やく斑点がある。北方のきわめて清澄な急流に棲み、産卵のときはサケやマスのように砂利床を掘りも何もせず、卵はただそこいらに生みっぱなしなのだそうである。そんな解説を読んで、これまた感じ入り、さすが高貴の銀鞍公女だ、おっとりしておられると、内心、脱帽したものであった。何しろこの魚はアユのように体からタイムという香草にそっくりの香りがたつというのだから、いよいよ憧憬が深まった。そこで、アンカレッジの空港の35番ゲートで飛行機の出発時刻を待っているときに知りあいになったG・D・ディクソン氏という弁護士の釣師に、何度も何度も、どんなことがあってもグレイリングを釣ってみせるのだと、勢いすさまじく決意を語ったものであった。するとディクソン氏は、あんなものならいくらでも釣れるよ、毛鉤なら茶か黒だったら何でもいい、私の手作りを一つためしてごらんなさいといって、無造作にフライ・ボックスをひらいて何本かプレゼントしてくれた。

ヌシャガク河で川下りをはじめるとグレイリングは初日から釣れた。以後は、連日、釣れに釣れた。それも多いところではワン・キャスト、ワン・フィッシュ、この魚だけはぽんぽん釣れて、釣れてという場所もあった。それもスピナー、ウォブラー、スプーン、プラグ、何を投げても飛びついてくるのだった。はじめのうちはオチョボ口いっぱいに三本鉤を頬張っているその横顔を、いたいたしい、いじらしい、さすが箱入娘のナイーブさだと思い、そのはんなりした伝説の体臭にうっとりとなり、ときには熱帯魚さながらの色彩の艶麗さに見惚れたものだった。ところがそのうち、毎日毎日、とめどなく釣れて、鉤をはずすのがわずらわしくてならず、いささか荷厄介にさえ感ずるようになりはじめた。スティーヴはそれを見て、気の毒そうに笑い、釣師によってはこの魚を〝ファッキング・グレイリング（グレイリングのクソヤロー）〟と呼ぶやつがいるよ、というのだった。ビンとミズーの二人は生れてはじめてルアーを教えられたのにこの魚がぽんぽん釣れるものだから、しまいにはグレイリングといわないで、チェッ、またファッキングが釣れやがったなどと、口走るありさまであった。王女様をクソヤローなどと呼ぶなんて、下剋上の罵辞もここにきわまれりの感があった。昔の東海道の、手塩でドブロクをかっ食《くら》ってた宿場雲助どもも、参観交代の行列の青貝をちりばめた駕籠のなかの姫御前について、このように率直、このようにあられもない評言を大声で口走っていたのであろうか？……

　キングとレッドの最盛期は残念ながら一週間前に終ってしまったというのがスティーヴの説であったが、私はレッドを二匹、キングを二匹、メップス・アグリアの5番で釣ることができた。レッドは二匹とも手もとへ寄せることができたが、キングは二匹とも水上に姿の抜ける横ッ跳びの大跳躍で逃げられてしまった。しかし、水しぶきのなかに暗朱色に染まったその巨体と、クァッと開いたフック・ジョウ（鉤鼻）と、輝やく眼をまざまざと見ることができ、私は全身がふるえあがった。ところが、ビギナーズ・ラック（初心者の幸運）という定理のとおりに、ビンが物凄い大物をひっかけて糸をピストルの発射音のような音をたてて切られ、ミズーは遊び半分に投げているうちに岸近くの木かげで特大級をかけてしまった。糸がゆっくりと上流に向って移動しはじめ、リールの自動ブレーキが悲鳴をたてはじめたので、異変だとわかったのである。ふつうこういうときはいっさい手助けしないのが釣師の仁義とされているのだが、彼は写真をとらなければならないから、それからあとは、不肖私が交替することになった。交替はしてみたものの、内心、ゾッとなった。この竿はアブのディプロマット651番で、一時代前の名作だが、マス用である。それはいいとしても、糸はたった今巻きかえたばかりで5号である。一〇ポンド・テストあるかなしかという細さである。それでこの三〇ポンド級と思われる巨人を操らねばならないのである。

汗が吹きだし、眼が血走る。糸はゆっくりと上流へ上流へと向って走る。糸が風を切ってはじめのうちは高山の峰をかけぬける突風のような音だったのが、次第次第にクレッセンドして、しまいにはヴァイオリンの高音部のような響きで呻唸しはじめた。スティーヴはエンジンを切り、オール一本で川底を突いたり、支えたり、ボートの頭をふってみたり、ゆっくりと横流しにしてくれたり、地味だが私とサケにぴったり呼吸をあわせた腕の冴えを見せた。私がこの長身の坊っちゃん海賊をはじめてプロだと感じたのはこのときであった。彼はゆっくりゆっくりボートを流しながら川の中流の浅瀬へ持っていった。私は竿を支えながら水のなかにすべりこんだが、水は腰近くまで来た。つるつるすべる川底の石を踏みしめ踏みしめ、ドラックをわずかにしめ、わずかにゆるめ、糸を張りつめたまま、一歩ずつ、下流に向いつつ岸へ向ってゆく。非常な重量はジャンプも何もせず、ひたすら上流に向おうとあせりつつも次第次第に下流へ流されていく。ミズーはそれを追いかけて腰までつかりつつカメラをかまえて追っていく。

「三〇ポンドから三五ポンドだ」

「……」

「一万回に一回の奇跡だ」

「……」

浅瀬にどっしりと巨体をよこたえてあえぐキングの牝を見てスティーヴが呟やき、プライヤーで口のなかからメップスをとりだした。血がたらたらと流れ、抱えあげたときには、おそらく恐怖と怒りからであろう、透明な液が一筋長くほとばしった。もとの水にもどしてやり、体力を回復するまで支えてやり、やがてよろよろと泳いでいく後姿を見送りながら、私は吐気をおぼえるほどの疲労におしひしがれていた。足が萎えて乾いた海綿のようであった。このはちきれそうなうつろさにこそ何か啓示がありそうであった。何か、うつろいやすい、重大なものがあるようであった。


このヌシャガク河にはいくつもの支流が流れこんでいる。数はちょっとおぼえていられないいくらいである。小川ぐらいのもあるし、いけどもいけども奥地へとめどなく蛇行している立派なのもたくさんある。英語には河を大きさによってリヴァー、ストリーム、ブルック、クリーク、キャナルなどと言い分けるいくつかの単語があるが、この水系にはそれらすべてにあたる河が入り乱れて存在する。

ある日、上流からおりてくると、本流の左に広大な、静かな湾がひろがっているのが見えた。よどんではいるけれど澄んでいて、水面の真下に藻の密林がぎっしりと茂っている。さほど深くはなさそうだが、底は見えない。岸にはずっとアシが密生し、その向うには灌木林がひろがっている。もちろん小屋、煙、切株、エンジン音など、何も見えない。聞えない。七月末の晴れた日光のなかに静穏がひろがっているだけである。

「……北国へ来てこういう場所を見たらパイク場だと見て、まず、まちがいない。ここは藻が茂ってるからピクシーやメップスだとひっかかる。水面よりちょっと沈むが藻の梢はかすめて走るというルアーがいい。プラグがいい。フローター・ダイヴァーともいうし、トップウォーターともいう。そいつがいい。これを投げて波紋が静まるまで待ってからちょいちょいしゃくりつつ引くのだよ。ちょっと引いて止め、ちょっと引いて止めするのもわるくない。ストップ・アンド・ゴーという手だ」

そんなことをビンに教えてラパラのプラグをさしだしたら、五度か六度めのキャスティングでたちまち一匹、五〇センチほどのが食いついた。この人もミズーも素質がいいので上達が早い。今はまだ各種の魚についてビギナーズ・ラックを愉しみつつある段階で、それが過ぎると第二段階の胸苦しい長期間がやってくる。釣れなくなるのだ。それを忍の一字で刻苦して切りぬけたらこの人はいい釣師になるだろう。キャスティングの初歩の原則、リールの操作、竿さばき、魚のあげかた、逃してやりかた、最低必要なことはみな教えた。あとは自分で自由に無限の変奏を試みるだけである。遅かれ早かれ私の言葉を聞かなくなることであろう。師は弟子に踏みこえられる宿命にある。一日も早く私を軽蔑するようになって頂きたい。私は満足であるゾ。

パイクは鮮緑色の腹にたくさんの白斑が尾までちりばめられた美しい魚である。頭部は巨大なのになるとワニにそっくりである。とほうもなく巨大な口の内部は上も下もギッシリと鋭い歯に埋められ、その歯はことごとく内側に向って鉤のように反っている。一度くわえこまれた獲物は魚だろうと、カエルだろうと、カモの子だろうと、この猛烈な歯列にひっかかって二度と逃げられない。鼻さきを横ぎるものなら何にでもとびついて呑みこむ。水の牙、湖の胃袋、藻林の大強盗、いくらでも貪婪の代名詞となっている。生れて一年になるやならずのパイクの稚魚が自分と等身大の仲間を頭から呑みこみ、その下半身を口からぶらさげたままで、上半身が消化されるまでのあいだ、悠々と泳ぎまわっている有名な記録写真がある。フランス語ではブロシェ、ドイツ語ではヘヒト、中国語では東北地方で狗魚と呼んでいる。犬のように貪欲な魚というわけである。ついでだがグレイリングも東北地方に棲息するらしく、これはタイムに似た体臭があるので〝茴魚〟と呼ばれる。茴香《ういきょう》の匂いのする魚というわけである。カナダではどこにでもいるので、今まではパイク、パイクと呼び捨てにされていたが、スポーツ・フィッシングが盛大になるにつれてこの魚も見直されるようになり、〝グレート・ノーザン・パイク〟と呼ばれるようになった。この水系のは平均が五ポンドから八ポンド、トロフィー・サイズで一五ポンド前後だというから余り大型ではない。フィンランドのは三〇ポンド、四〇ポンドにもなる。そういうのはまだ釣ったことも見たこともないが、全身に苔が生えたような怪物に見えることであろう。醜怪の一語に尽きる風貌だけれど、ワニの大物が醜怪さのなかに堂々たる一種の気品を帯びるように、この魚もそれくらいのになれば、やはり、気品を帯びることであろう。この点については「釣魚大全」の著者のウォルトン卿も早くに指摘している。

「この魚、逃してやりますか？」

「逃してやってもいいけどね。もうおれたち、食べる物がなくなった。昨日までは塩があったけれど今日はない。一匹か二匹だけ、頂戴しとこうや」

「こんなバケモノ、うまいんですかね？」

「うまいね。淡白な白身で、肉はしまっていて、珍品だよ。この身をすりつぶしてハンペンにしたのをフランスじゃクネル・ド・ブロシェといって一流レストランでひっぱりだこだね。これくらいのがちょうど食べごろさ。おれはドイツでもフランスでも食べた。何とか打つ手があるんじゃないか？」

「ぼくのバック・パッカーにインスタントの味噌がありますから、味噌汁にしたらどうでしょう。三枚におろすのはまかしといて下さい。ぼくがやります」

しばらくいくと湾の奥に小さなクリークがあり、澄んだ水が静止しているが、その入口で私が六〇センチくらいのを釣った。これも昼飯用に頂戴することとした。四人なら二匹で十分である。

このクリークは小さくて浅いが、いたるところにパイクがいた。彼らは藻林と水面の中間に全身を露出して浮び、木片のように静止している。その姿が大、中、小、入りまじって、あちらこちらに見える。みんなのんびりと日向ぼっこしているように見えるが、この界隈のイモリや、小魚や、カモの子などにはそれぞれカポネだの、ネロだの、アッチラ大王だのという異名で恐れられ、敬遠されていることは疑いがない。スティーヴがオールで川底をつき、そろりそろり、四人とも息を殺して、浸透していく。そこで実験をやってみた。まず手頃なパイクを選び、その一メートルか二メートルの右前方へラパラをそっと投げる。竿の穂さきで軽くふりこみ、着水前にリールにストップをかけるのがコツである。それから波紋が静まるのを待ち、ちょい、ちょいと藻のなかをとばして、パイクに近づけていく。ネコやノミは襲撃の直前にお尻をふりつつじわじわとあとじさりし、それから一挙に筋肉のバネを解放して跳躍するのだが、パイクもそっくりの姿態をとるものだと判明した。ルアーが近づいてくると彼はもぞもぞしはじめ、尾をかすかにふるわせ、曲げて、のびたS字状になる。じわじわと後退する。知らん顔で正面向いているけれど、右の眼は爛々とルアーを凝視しているかに思える。それから、突如、水が裂け、しぶきがたち、緑と白が蛇のように疾走する。彼の顔の正面を横ぎるよりもいくらか右か左にそれてルアーが斜めに走ったほうが誘惑しやすいともわかった。われわれは息を殺し、ウとか、アとか呟やき、パイクが水音たてて蛇のように走ると、声たてて笑ったり、叫んだりした。ほかのパイクたちは平然と、悠々と、てんでんばらばらの方向を向いて、静止していた。このハイキングのパイキングは私にとってもはじめての経験だったが、生無垢の生態観察を愉しむことができた。尾であれ、足であれ、すべて跳躍は末端部分に力をかけなければならないのだから、パイクもノミもまったくおなじ姿勢になるという自明の理が発見であった。大強盗もコソ泥も襲撃の瞬間はおなじ姿勢をとるのだ。

このあとクリークを出て、湾を横ぎり、さらに本流を横ぎって中州に上陸した。流木を集め、石を組んで炉をつくり、という一連の毎度おなじみの儀式をやったあと、パイクをほどいた。このころになると手持の食品が底をついたので毎度の食事は川の贈り物をたよりにするよりほかなくなったが、そうなると肉食いのスティーヴはまったく創意と気力を欠き、ただコーヒーを沸かすだけで、あとはそのあたりの流木に腰をおろしてぐんにゃりとうなだれている。私たちはとことん落ちこんだところで魚を手づかみで醬油《しょうゆ》ぬきで刺身にして食べられるのだからさほど滅入らない。今日はソイ・ビーン・ペーストで純粋日本風のパイクのフィッシュ・シチューを作ってやるぜといったら、スティーヴは何やらひきつれたような笑いかたをしてサンキューといった。どちらがガイドやら客やらわからない。オールの腹を俎《まないた》にしてビンは刺身庖丁と出刃庖丁を器用に使って二匹のパイクを三枚におろし、皮を剝《は》いだ。頭、骨、肝をブツ切りにして砂糖の空罐に入れ、水をひたひたに満たして火にかける。これでスープを作り、煮たったところでモロモロの滓をとって鉄鍋に移し、もうひとつの空罐で湯引きしておいたパイクをほりこみ、そこへ味噌をほりこんで、ハイ、上り……のはずであったところ、最後の最後になってバック・パッカーを開いてみると、出てきたのは味噌ではなくて、何と、インスタントのカサカサの野沢菜。ダシぬき。それもたった一袋。ええい。やれ。やったれ。ハラハラと鍋にふりかけ、ブリキのコップにとって目をつぶってすする。無味の味。素《す》の、素の、その極。塩、コショウ、コブ、七味、いっさいヌキ。

「京風はんなり調どっせ」

「裏風どっせ」

「もう一杯どうどすえ?」

「うち、もう、ぽんぽんや」

「あんた、どうエ?」

ヤケまじりに三人でさんざんふざけ、肝油でも飲むつもりで腹に入れた。ビンはうまい、うまいといって三杯すすった。インスタント野沢菜のことをジャパニーズ・ドライド・ハーブとか何とか訳してビンはくどくどスティーヴに説明し、マルセイユのブイヤベースよりこっちのほうが純粋なんだぞといって一杯すすめたが、スティーヴは匂いを一嗅ぎ嗅いだだけでタジタジとなり、何やら口のなかでもぐもぐ呟やいて、どこかへ消えてしまった。

ずっと下流の右岸に小さなインディアン村があって、そこには雑貨屋があって鑵詰を売ってるし、サケの燻製もやっているとのことなので、われわれは世帯道具をしまいこみ、ある支流との合流点の小島にゴム・ボートをのこし、アルミ・ボートだけで下っていった。そのあたりでは川岸が少し高台になり、小さな村が粘土の崖の上にしがみついていた。上陸してみると、小型飛行機の滑走路が一本草むらのなかにあり、大きなコーモリ傘のようなパラボラ・アンテナもたっているのだが、村民たちの家はいずれも貧しい小屋であった。小さな雑貨屋が一軒あったので鑵詰のソーセージ、ベーコン、塩、胡椒、タマネギ、ジャガイモなどを買いこみ、キッコーマンが一本あったので驚喜してとびついた。二、三個の大きな紙袋を抱えてよろよろと歩いていくと、たくさんのレッド・サーモンが戸外で乾してあり、燻製小屋があったので、キング・サーモンのストリップを三、四本買いこんだ。これはキングの背肉を長く切りとって皮ごと燻製にしたもので、脂肪分がたっぷりあっておつゆいっぱいなのにけっしてくどくはなく、嚙みしめれば嚙みしめるだけ、古拙の知恵の滋味が湧いてくる。道ばたに生えている草をむしってきて、それをくすべて燻製の香りづけにするのだが、これは青い実がちょっとヘビイチゴのそれに似ているのに葉はヨモギにそっくりだという草であった。小屋のあたりでぶらぶらしているじいさん、ばあさんに草の名を聞いたが、誰も〝グラス（草）〟と答えるだけであった。

　この村はレッド・サーモン、キング・サーモンなどをとって暮しているらしかったが、ひどい過疎村であった。道をぶらぶら歩いているのも、マッチ箱みたいな小屋の戸口で日向ぼっこしているのも、その小屋の窓にちらりと見えるのも、ことごとくじいさん、ばあさん、女、子供だけである。壮健な男は二人か三人見かけただけである。スティーヴが憂鬱そうに口重く説明するところでは、男たちはディリングハムやアンカレッジに出稼ぎにいって、二度ともどってこない。もどってきても彼らは酒浸りになってアル中になる。アンカレッジへいっても酒浸りでアル中になる。社会保障があるので餓死することはないし、つつましく暮せばべつにどうってことなくやっていけるはずだが、彼らには耐えられない。人間は食えるだけではだめなんだ。それ以外に何かが必要なんだが、それがここでは手に入らない。ディリングハムでも手に入らないし、アンカレッジでも手に入らないんだ。インディアンは減るばかりだ。白人が何をしたところで、インディアンは減るばかりだ。若わかしい海賊づらに荒寥とした憂鬱をたたえたスティーヴと並んで道を歩きながら、私はゆれて、かたむいて、やはり、あてどない。

小島にもどって、長い、淡い、華麗な黄昏どき、川岸を散歩すると、産卵の大業を果したあとのサケがつぎからつぎへと流されてくる。全身に苔が生え、眼は暗い穴になり、岸であえぎあえぎのたうったり、沖を流れにさからいつつ、腐った大理石のような縞を閃《ひらめ》かして流されていったりする。クマに食われた残骸にはハエがたかって無数のウジがわいている。それを水に蹴りこんでみると、ウジのかたまりが少しずつ流れだし、やがてどこからともなく無数の子魚がやってきて夢中になってウジを食べはじめる。どの子魚の横腹にもかわいいパー・マークがついている。それらはマス、イワナ、サケの幼魚である。彼らは親を知らずに生まれ、数千キロの旅をして故郷の河にもどり、卵を生み、子を知らずに死ぬ。その死体は河に栄養をあたえてプランクトンをそだてて子を養う。子は少し大きくなると川底をころがるマス、イワナ、サケの卵を食べ、自分より小さい幼魚を食べる。共生し、共食いする。たがいに与えあい、たがいに奪いあう。感嘆のほかない精妙と、沈黙のほかない乱脈とが、輪廻し、転生する。善もなく、悪もない。増もなく、減もない。ただ形と名の無制限、無辺際の変化があるだけである。

アラスカの海ではなくて川でのサケ釣りを私なりに評価してみると、これはもっぱらブリストル湾地域の川での経験だが、つぎのようになる。筆頭は何といっても偉大なキングで、これの大物との格闘はしばしば頭からのめりこむようなファイトになり、そのあとは心身を吸収されてへとへとになり、素晴しいという呟やきすら洩れるゆとりがない。アラスカの釣師が〝フィッシュ〟といったらそれはキングのことだといわれてるくらいである。この魚は数が少いし、州の象徴として保護されているので、スポーツ・フィッシングで釣っていい匹数は厳重に制限されているから、いよいよ男たちの狂熱がかきたてられる。この魚は闘争方法が一匹ずつ異るという説があり、ヒットの瞬間瞬間にその場その場で神速に竿さばき、リールさばきをやらねばならず、この点、さらに男たちの尊敬と情熱が吸収されるのである。

二番めがシルヴァーである。これはキングよりも小さいけれど満身に精悍なエネルギーがつめこまれていて、ジャンプまたジャンプ、最後の最後までたたかいぬき、岸に寄せて横返しになっても油断ができない。ジャンプして頭をふられるとたいてい鉤がぬけるので、糸はぜったいに張りつめておかなければならない。鉤をはずされないよう、ジャンプされないようにするには、ヒットした瞬間に竿をリールまで水につっこんで糸をなるべく斜め上からひっぱらないようにすれば効果があるといわれている。これはシルヴァーだけではなくて、ジャンプする魚なら何についてもいい方法である。しかし、私としては逃げられてもいいから魚のハイ・ジャンプを見たいという気持がある。シルヴァーは全身がつややかな白銀に輝やく美しい魚で、それが飛沫を蹴たてて川面を跳ねまわる光景には恍惚となる。この魚の場合には頭からのめりこまないで、諸相を鑑賞し味わいつつファイトができる。しかし、すべての魚とおなじくこの魚も気まぐれで、ある日は一匹ずつがあますところなく跳躍してくれたのに、つぎの日はまったくやらないで、イワナ類やチャム・サーモンのようにもっぱら水中だけでたたかうということがある。

三番がレッドで、四番がチャムである。レッドの不思議さについてはつぎに書くが、チャムというサケは力持ちではあるけれどジャンプしてくれないのでものたりない。このサケは日本で〝新巻〟となって登場するサケで、私たちにとってこれくらいなつかしい魚はないのだが、アラスカでは〝ドグ・サーモン〟と呼ばれる。味がまずいので軽視で犬の餌にする魚だというところだが、スポーツの対象としても面白くないので軽視され、それがドグ呼ばわりの一因となっている向きがある。この魚のおいしさについては今さら私がここに書くことはないので、省略させて頂くが、ドグ呼ばわりは片腹痛いと、声をあげておきたい。ところでたいていの人が気づかないでいらっしゃることで一言しておきたいのは日本のサケ罐の表示で、レッテルにごく小さく〝CS〟、〝PS〟とある。前者はチャム・サーモン、後者はピンク・サーモンの略である。どちらがおいしいかは好みの問題だから、ここでは議論を避けるが、今度からスーパーへいったらよく眼鏡を拭いてCかPかを判別なさるとよろしい。

レッド・サーモンは川に入ってきたときは婚姻色で頭部が緑色、それ以下の体が暗赤色に染まる。この魚が大群で川をさかのぼっているところを空中写真でとると、川そのものが真紅に染められ、荒野のまっただなかに血が流れたようである。ビーヴァーの窓から見おろすと、あちらこちらの川や湖でこの魚が集結しているところはまるで金魚の大群を見るようである。腹が厚く、肩がどっしりとして、なかなかいい体格の魚なのだが、空中から見おろすと、金魚にそっくりである。川では岸近く、湖では川の流れこみや流れだしのあたりに集結するが、ときには川も何もないただの湖岸にたくさん集結しているのを見ることもある。何十匹なのか何百匹なのか数えようもない団塊になっていることもあり、ときには三、四匹のこともある。

ちょっと以前に出版されたサケ釣りの本を読むと、この魚はルアーでは釣れないか、またはたまにしか釣れないとされている。十年前にはじめてアラスカへサケ釣りに来たときも土地の釣師によくその話を聞かされ、自慢話はもっぱらキングとシルヴァーであった。しかし、今度はスポーツ・フィッシングとしてレッドの釣りを教えられた。それはもっぱら川での釣りで、これにはコルクまたはプラスチックで作ったサケの卵を使う。まんなかに穴があいていて、そこに糸を通し、鉤をつける。そして糸の上に小さなゴム管をつける。このゴム管に細い鉛筆のような鉛の棒をちょっとさしこむ。そのままつっこむと入りにくいが、ちょっと舐めて唾をつけると、するりと入る。これは岩に嚙まれても強くひっぱれば鉛だけがぬけてあとは回収できるので賢い考案である。レッドはフラフラと流れてくる赤い、小さな玉を卵だと思って、そっと口にくわえる。これは卵を食べるためではなくて保護するためではないかという説がある。インディアンの古い言い伝えにもそういう説があるそうである。急な流れのところで魚が綿のように軽くくわえるのだから、当りはきわめて感知しにくい。そこで、当りのあるなしにかかわらず、ここぞと思うあたりで竿をしゃくる。こういうあわせかたを日本では〝カラあわせ〟と呼ぶが、アラスカでは〝インテンショナル・スナギング〟、つまり、意図的なひっかけという。地区によっては川を監視員が歩きまわって釣師を観察し、あまりたびたびやってはいかんよと警告するところがある。この釣法はレッドだけではなくて、海から上ってきたニジマス、つまりスチールヘッドを釣るときにもおこなわれる。

さて。

ゴールデン・ホーン・ロッジは湖岸にあって、その湖にはレッドがたくさんいる。澄みきった湖の岸近くを、毎日、悠々と何匹かずつ群れて回遊しているのがよく見られる。ときどきバシャッと、釣師が失神したくなるような水音をたてて跳躍するのもいる。青い水に赤い大渦ができて、ドキドキする。そこで私も、フロリダの歯医者も、ブリュッセルの紳士も、到着した初日のその場であたふたと竿をとりだしてキャスティングしてみたが、誰にも一匹も釣れなかった。群れのドまんなかをルアーが通過しているのだが、レッドは知らん顔をしている。ときどきチラとふり向くのがいるけれどそれきりで、追いもせず、嚙みつきもしない。そこで日を変えてやってみたが、やっぱりダメである。何度やってもダメである。さすがの狂熱者たちもとうとうあきらめて、誰も湖岸に出なくなった。レッドはルアーでは釣れないという従来の説は正しいのかもしれないと思って私もやらなくなった。ところが、ビンとミズーの二人がやってみたらヒットまたヒットだったというのである。それはこの湖とつぎの湖の接合部分で、瓶の首のように狭くなっている通路である。そこにレッドが数知れず集結していて、そこなら釣れるというのである。

二人がロッジにもどってきてウイスキーを飲みながらヒクヒク笑いつつ大声でやってる手柄話を私なりに分析してみると、どうも問題は場所ではなくて群れの大きさにあるように思える。レッドはルアーにとびつかないという定性を持っているとしても、五匹、六匹の群れならそういう正統派だけでかたまるが、これが何十匹という数になると反正統派の異分子がまじってくる。魚だろうと獣だろうと人間だろうと、群れにはかならず異分子がまじるのだ。群れにまじっていようといるまいと、群れからはずれていようといるまいと、その位置に関係なく、アウツ（体制外者）がかならず発生するのである。つまり、個性があるのだ。何匹のレッドに一匹のアウツがまじるのかはわからないが、二人の初心者がヴェテランの狂熱者たちを抜いたのはこのアウツのためではあるまいか。大きな群れだからではあるまいか？……

そこでヌシャガクからもどってきた翌々日、三人で瓶の首へいってみた。少し風のある日で、水面がいっせいに波だち、サケの一匹ずつの姿は見えないが、いたるところに赤い影が閃めいているのは見える。そこでピクシーを投げ、たっぷり沈ませてからひいてみると、とたんに電撃がきた。みごとな体格のレッドが水しぶきをたてて跳躍し、頭をふった。ルアーがはじきとばされて遠くへポチャンと落ちた。驚愕。茫然。沈黙。ついで哄笑。

「ね、ね、ね。釣れるでしょ。レッドはルアーで釣れるんです。釣れるんですよ。少くともこの場所なら釣れるんです。けっしてあきらめちゃいけません。ネヴァー・ギヴ・アップ。固定観念に縛られちゃいけない。これが釣りのトップ・シークレットですよ」

ビンはそういってちょっとはなれたところへいってキャスティングをはじめた。教えるものが教えられるのが教育の理想とされているが、まったくあいた口がふさがらなかった。

つぎからつぎへと驚愕と哄笑がはじまった。ミズーはゴムのウェット・スーツを着て水中カメラを持ち、水中写真をとるといいだした。どうするかというと、私がサケを釣って糸をピンと張りつめておき、彼がその糸を手でさわりつつ水中に潜っていって、水底で躍っているサケを撮影するのである。この通路は表面はさほどではないけれど水中と底ではかなり急な流れになっているので、ミズーはサケを追って姿を消し、ずいぶん遠くにしばらくたって姿をあらわす。岸に上陸して上流へ走っていき、また潜りこむ。また流されて、上陸し、上流へ走って、また潜りこむ。私は水中につかってサケに逃げられないよう竿を操作し、リールをしめたりゆるめたりしているだけでよいが、カメラ・マンはたいへんである。そう思って眺めているうちに彼の姿が浮いてこなくなった。糸に体重も感じられない。彼の手のうごきもつたわってこない。感じられるのはサケのうごきだけである。よこで見ていたビンに、水村君がおかしいんじゃないかといってると、そのとたん、ぶくぶくとこまかい泡がたちのぼってきて、ふいに蒼黒く変った顔が水中からあらわれて沈んだ。

私は竿を投げ、ビンと二人で叫びつつ、水のなかを走った。川底の落ちこみのぎりぎりのところまで私が入っていって右手をつきだす。私だけではとどかないから、それをビンが左手でしっかりにぎって水中へ泳ぎ出て、あいた右手でミズーをさがす。一瞬、ビンの指が水中を流れていくミズーをつかまえた。そのビンの叫びを耳にした瞬間、私の足の下で砂利がズルズルと崩れ、私の全身が落ちた。このままビンの手をにぎっていると彼までがひきずりこまれる。グイと彼の手をこちらへひきよせてから手をはなした。たちまち冷めたい、青い水のなかに私は沈み、必死になって泳いだ。しかし、胸まであるゴム長をはいているのだから、重くて重くて、足がまったくうごかない。体は流される。息はつまる。水は口に流れこむ。必死になって抜手でもがくうちにどうやらこうやらゴム長のさきが砂利にふれた。あえぎあえぎ水を吐いたり咳きこんだりして岸に近づいていくと、全身ぐしょ濡れになったビンが長髪を乱してミズーを岸によこたえて叫んでいる。見るとミズーは眼を閉じ、頬も唇も黒くなっている。ビンと二人で叫びつつ、ミズーの頬をたたいたり、胸をさすったりしていると、ようやく瞼がうごいて、眼がひらいた。ホッと安堵した瞬間、全身から力がぬけ、へたへたと私は崩れた。

いくつかのことでもう一瞬遅かったら、ひょっとしたら三人が三人とも同時に溺死していたかもしれないのだが、どうにかこうにかわれわれはあちらの戸口に一歩だけ踏みこんでこちらへ生還することができた、ビンはよくやってくれた。君の指がもう一瞬遅れていたらミズーはあちらへいったきり姿が見えなくなっていたことであろう。この場所は深いうえに流れが急だし、それにはこばれてとなりの湖へ流れこんだら、これはもうどれだけ深いのかわからないのだから、ちょっと探しようがない。

アンカレッジへ帰る荷造りをしていた最後の朝、誰かが小さな封筒を持ってきた。開封してみると、シアトルの詩人の手紙が入っていた。このロッジへディリングハムからよれよれの飛行艇に乗っていっしょにやってきた仲間の一人である。二日めの夕食におなじテーブルにつき、カリフォルニア・ワインに酔ってランボォの話などをした。私は四十八歳のポンコツであり、小説家であると自己紹介して、それから会話があたたかく煮えはじめ、ぶどう酒のために何もかも忘れてしまったが愉悦の感触だけがいつまでも残った。ヌシャガク河の川下りを終ってロッジに引揚げてきたとき、もう詩人はいなかった。詩は跳躍で散文は歩行だという古い定義のとおりにこの詩人の文章はいたるところに跳躍があって私のような無学者流にはいささかつかみにくいところがある。おまけにひどい悪筆で、読みづらいったらない。ビンに手伝ってもらってあらましのところを判読して以下にのせ、この章にワスレナグサの花束を添える。一篇の背後にあるのはあたたかい励ましと見る。

ポンコツに。

アルプス越えのランボォ

つねに彼は若者にもどって思い出を噛みしめていた、まさに正しく。彼は山中で、グスタードを過ぎ、桜の木にすわり、鷹たちが雪崩れのあとをさまよい、急降下し、滑り、主人のもとに、深い霧のなかの馬に乗った男たちのもとに帰っていくのを見つめた。彼は滝の近くの一軒家で後家と暮し、ベルギーから送ってきたヴェルレェヌの真似事の薄い自分の詩集を読んで聞かせた。そのときすでに彼は詩作を諦め、詩集のかわりに地図と磁石の入ったバッグを手にし、ベルリン製の豪華な財布ベルトをつけ、金鉱探しに東方へ向うところであった。後家の両腿は白から赤、赤から雪の青と変っていった。

女の蒼白い鏡のような顔が彼をベッドのなかで半身起させ、女の背がまわると、彼はひとことふたこと呟やき、自身の姿をまざまざとそこに見た。砂漠の眩暈《めまい》のまさにそのかなたにいる男。たくさんの名前に答え、声をだして沈黙をふりまく男。両足を壊疽《えそ》で犯す太陽にみたされた空。額に雨のように降りかかる金《きん》。夢にまで恐れた錬金術師の金……

後家は火をかきおこし、ブラウスをゆるめた。彼女は少年の髪を梳《す》いてやりながら彼がひっきりなしに手をうごかしてお喋りをするのを聞くのが好きだった。また、少年が息を喘《あえ》がせ、彼女から落ち、朝陽のなかで体を丸めておだやかに眠るのを眺めるのが好きだった。

数日後、山を何マイルか上った場所で、白い手袋をつけた一人の男が、霧にまぎれながら、雪のなかに、半ば青い影に埋もれ、冷えこんで、熱を患っている彼を見つけた。そして、フランスへ彼を送りかえす手筈をととのえてやった。

死なせてやるために。

少年は二十歳だった。

彼は東方へ旅だち、さらに十七年生きた。

川で腹をたててもしようがないよ。

また会いたい。電話はいけないよ。じかに。


笑う心。

一九七九年、夏。


(ワスレナグサはアラスカの州花である。開高註)

奇蹟の人

もう、秋か。

二台のトヨタに大荷物、小荷物をつめこんでニューヨークを離脱し、一路、カナダのトロント市をめざしてハイウェイを北上する。デイヴィッドという名の台風が通過し、つぎにフレデリックというのが来つつあり、空は低くたれこめて暗く、氷雨がびしゃびしゃと降っている。ハイウェイの両側には森と、牧場と、畑がつづくが、森はすでに季節に浸され、緑と黄と赤の綾織りになっている。もう秋だ。たしかに。けれど、なりきってはいない。夏ではないが、秋そのものでもない。数日後にカナダのアルゴンクィン国立公園を通過すると、たまたま晴れた日だったので、カナディアン・メープルの真紅と、松の緑と、雑木の黄が視野のかぎりを埋め、額に射した爽涼の日光のなかで朱と緑と金が絢爛と煌めいた。

「秋だ。秋のはじまりだ。人間でいうと、すでに若くはないけれど、老人というのでもない。青年でもないが、老年でもない。つまり、四十八歳のオレみたいなもんだ。

この風景が美しいのなら、オレも美しいはずだがネ」

　写真をとるためにときどき車をとめる。そのたびにボーイズの一人一人にこの風景は美しいかと、さりげなく低声でたずねる。みんな罠に気がつかないで、眼を細めたり輝やかせたりして、美しい、すばらしい、みごとだという。しかし、つぎに、これが美しいのならオレも美しいはずだがとつっこむと、ビン、ミズー、アナザー・スズキ、ナオ、どれもこれも、何やら口のなかでモグモグいって、どこかへ消えてしまう。なかには私の顔をちらと見て、ウフッと笑うのもいる。

　トロント市で船坂真一氏と阿川弘之氏が待っている。船坂氏は阿川氏の海軍時代の友人で、同期の錨組である。感じやすい、若い時代に一つのパンをわけあい、一つの鍋の飯をわけあって食べた仲なので、たいへんな親友同志である。船坂氏は、現在、トロント市で、カナディアン・モータース・インク（インコーポレイテッド）という会社の社長で、トヨタその他の自動車の販売を手広くやっていらっしゃる。その市の名士であり、VIP（重要人物）である。いつだったか阿川氏に、オレはマスキー釣りという不可能事に挑むのである、負けるとわかってる戦争を敢えてやるのだ、この態度はさながら日米開戦前夜にこの戦争は負けだと見抜いていながら祖国の命運に自身を添わせていった一部有識者のそれに似ておると、大層なことを言上した。すると『米内光政』の著者はたちまち沸騰して、魚のことは何も知らんが、トロントにフナサカというのがいるから、それをたよっていけと、いってくれた。のみならず、そのフナサカが同期の集りを近く銀座で一席やるのでトロントから駈けつけてくるからオマエもいっしょに末席をけがしたらどうだと、優しい心配りである。そこで銀座の中華料理店の二階へいってみると、残ンの桜の一派が集り、名声と場所の割にはひどくぞんざいな中華料理を年齢にふさわしくチマチマと食べながら、高血圧や神経痛やガンの話をし、かつ、しばしば発作として海軍軍歌を高唱し、きわめて潔癖に陸軍軍歌を歌わないという矜持を守りつつ、一夕を乱雑、親密にたのしんでいた。

みなさまに名刺を一枚ずつもらったところによると、ことごとく現日本社会のエグゼクチブ（えらいさん）であって、なかにはこれからベルギーのブリュッセルへ大使になっていくのだという、マルセル・ダリオを二回りぐらい優雅に仕立てたようなシブイ顔もあった。これらのシブイやら光頭やらのなかから、問題のフナサカ氏がひときわシブイ顔で登場した。ガップリと握手したが、この人は顔がすっかり陽焼けして、贅肉がどこにもなく、小皺が多いけれど、眼光炯々《けいけい》と、焦点が針のさきのように光っていた。私はマス釣りしかやったことがないけれど、マスキー釣りをあなたがカナダでやりたいのなら、よろしい、情報はすべて集めておきましょう。かならず、トロントへ来て頂きたい。釣れる釣れないには時の運ということがあるでしょう。解釈はあなたの自由です、と。

口調は温厚だけれど眼がきびしかった。


さて。

この魚。

マスキーという魚。

これはカナダとUSAの一部の河や湖に棲《す》む大魚である。正式の名前はマスケランジ（Muskellunge）であるが、これは原住インディアンのオジブウェイ族の言葉の〝マス・キノノンジ〟から来ている。〝醜い魚〟という意味だそうである。〝マス〟が〝醜い〟、〝キノノンジ〟が〝魚〟。（邦訳のD・V・レディックの『湖の女王マ・キイ』芸文社にはこれがオジブウェイ族の言葉で〝ちがった種類のカワカマス〟という意味だとあるが、作者の思いちがいではあるまいか）。

この魚は急速に成長して大きくなる。途方もない貪食漢の殺し屋だが、食べたものがことごとく牙や肉になるという印象である。一九一九年にミシガンで捕えられたマスキーは体長が二メートルをこえ、体重が一一〇ポンド、約五〇キロあったというのだから、マンモス・サイズというべきであろう。一九五七年のセント・ローレンス河では七〇ポンドに一オンスたりなかったというが、それでも約三五キロなのだから、さぞ偉観だったろうと思われる。魚類学者と釣師のなかには、この魚はラージ・マウス・バスとおなじように死ぬまで成長しつづけるので最大記録というものはないのだという意見の持主もいる。

形状はどうか。ひとくちでいうと、足のないワニである。巨大な、固い、ゴツゴツした頭があり、耳があるなら耳まで裂けたといいたくなるような口である。その内側には炭素鋼製のような鋭い歯がギッシリと生《は》えている。この歯が曲者で、大きいのも小さいのも、ことごとく釣鉤のように内側に向って反っていて、一度くわえこんだ餌は、小魚であれ、カエルであれ、本人が吐きだしたいと思っても咽喉へ咽喉へと送りこむしかないという仕掛けになっている。餌は彼の前方をよこぎるすべてのものである。あらゆる小魚、ウナギ、イモリ、それから、オタマジャクシ、カエル、ネズミ、カモ、ときには小犬の足にも食いついて水中にひきこむ。鱗のあるの、ないの、羽のあるの、ないの、いっさいおかまいなしである。しかし、そんな貪婪さなのに、奇妙に用心深い鑑賞家の一面もあって、眼前でヒラヒラよろよろするのを見つけると、ちょっと手前まで迫りながらたちどまって、体をゆるやかなS字状にし、いつでもとびかかれるように圧力を蓄積しながらそのモノをじっと観察する癖があるといわれる。餌を襲うときは、一瞬、上方から、もしくは、横からであり、その攻撃は決定的である。餌を呑みこんで満腹すると、うつらうつら何日も昏睡にふけり、そういうときは鼻さきでどんな餌やルアーをちらつかせても、微動だにしないとのことである。

これらの性癖の大半は従弟のパイクにそのままである。パイクとマスキーの相違を形態に求めると、パイクの鰓蓋《えら》には鱗があるけれどマスキーのそれには一部にしかないし、下顎にある感官細孔の数がちがうということぐらいで、足のないワニという外観では両者ともに変らない。貪食、肉食、生食、共食い、浅場好き、いろいろの点で完全に一致する。しかし、パイクは釣りやすい魚で、マスキーは釣りにくい魚だという一点から、論争が百家争鳴になり、アウト・フィールド雑誌の編集長は〝今月号の話題〟に事欠かないで給料をもらえるのである。

マスキーはパイクとおなじように口に鉤がかかったと知るとたちまち水しぶきたてて大跳躍し、水面をころがりまわり、渾身の力をふるって自由を求める。パイクだって鉤にかかれば跳躍することはするけれど、とてもマスキーのそれには及ばない。このときに鉤が落ち、釣師は去勢されてガックリくる。そしてマスキー文献のどれもが、魚類学者の書いたのでも百戦練磨の釣師が書いたのでも、この魚の性格は予言ができないし、気まぐれで、未知だという一点ではことごとく一致するのである。鉤がグサリと刺さると、マスキーは湖の水を沸騰させて跳躍また跳躍、かつ水面をころげまわり、疾走し、もぐりこみ、ボートめがけて突進するなど、あらゆる戦法で抵抗するが、それ以前の段階では、ある日は黄色のルアーだけに食いついたかと思うと、つぎの日にはおなじルアーを見向きもしない。スプーンにお好みがあるのかと思って信じこみかけたら、つぎにはその定性をまったく捨ててプラグだけを追っかけたりする。貪欲、残忍、大食漢というイメージと、気まぐれ、用心深い、お天気屋　その日次第で、誰にも予見不可能、しかも徹底的な残虐屋のくせに、うとうとした居眠り屋でもあるというイメージがある。それでいて恍惚となるような、徹底的な抵抗者であり、闘争家であり、奇をつく戦略家でもある。これを英雄豪傑にたとえると、英傑、豪傑、怪傑、奇傑、純傑、貧傑、さまざまあるうち、予測不可能の気質という一点に重きをおけば、さしあたり、梟雄《きょうゆう》と、呼びたいところである。影にとっぷり全身を浸して眼を爛々と光らせている兇刃である。

しばらくすると、トロントへ帰った船坂さんからマスキーについての文献や釣雑誌、野外雑誌などが多種かつ大量に送られてきた。のみならず船坂さんは、某日、トロントのホテルで開催された〝マスキー講習会〟にも出席したとのことであった。それによると、約百名近いマスキー狂の男女が集って朝から討論会をはじめ、一日かかって夕方になっても終る気配がなく、トイレへたつ人をのぞけば一人として中座する者もなく、飯どきになるとサンドイッチ片手に議論しつづけていたと、手紙にある。この魚の棲息圏はブラック・バスのように広大ではなく、大物の主戦場は五大湖とその周辺である。このあたりの湖はいずれも海のように広大だけれど、同時に工業、商業、都市文明の発達した地帯でもあるから、釣師、ボート、ロッジの数も多く、年々歳々、マスキーは少くなり、小さくなっていく。そこへ持ってきて気まぐれきわまる性格だから、三年かかって二〇ポンド物（約一〇キロ）が一匹釣れたら一週間ぶっつづけの乾杯をしろとか、千回キャスティングして一回アタリがあったら釣れる釣れないにかかわらずその場に跪《ひざまず》いて感謝の祈りをしろというような表現がいたるところに見つかる。これはそれまでにアームチェア・フィッシャーマンとして書斎で雨の日に私が読みつづけてきたこととまったく一致していたので、いよいよ私としては確信と覚悟を深めた。つまり、トロフィー物だろうと小物だろうと、この魚は釣れないのだと、頭からきめてかかることにしたのだ。それでいて予定としては二週間ぶっつづけに毎日攻めるつもりである。トローリングもキャスティングもする。不可能事に挑む。負けるとわかった戦いをやる。それで負けてもこの魚の場合はあたりまえである。恥でも何でもないのである。

ビンとミズーの二人に何度となく申渡す。

「くれぐれも釣れるなどと思わないことだナ。妙に野心を持つとイライラして頭にくるぜ。釣場がヒューロン湖だのオンタリオ湖だの、オバケみたいな大場所だから、きっとトローリングが多いと思う。これはごぞんじのように怠けものの釣りで、釣りともいえないけれど、マ、日光浴して女のことでも考えるか、昼寝するかだね。何ならホテルでポルノ雑誌読んで昼寝していてもかまわないよ。それでも時間が余るようないかしら。

ら、おなにいでもしてたら？」

二人は真摯に怒って、口ごもりつつ、ボクもいきますよ、冗談じゃありませんよ、といった。挑発ぶりが品がわるかったのでついカッとなって乗ってしまったのではないかしら。

トロントの閑静な住宅地区にある船坂邸は高雅なのに謙虚な白塗りの二階建で、芝生の庭のすみにリンゴの木があって、あらゆる枝にたわわに実がぶらさがっていた。船坂氏は不屈に元気で、そしてやっぱり眼光鋭かったが、精緻な計画表を作っていてくださった。それによると、明日この近くのフランクリン・レイクという小さな湖でマスをからかったあと、セント・ローレンス河がオンタリオ湖に注ぐガナノクで一戦を試み、ついでオタワに転戦し、それからヒューロン湖のどこかを攻めるが、オタワ以後はロバート・ジョーンズという釣師で写真家でもある人物に一切をまかせる。この男が約十日間、寝食をともにしてくれる。それから、『アウト・オブ・ドアーズ・オンタリオ』という野外雑誌の編集長もマスキー狂なので、どこかで参加するはずであるという。ロバート・ジョーンズはこの編集長と親友で、しょっちゅうその雑誌に記事と写真を寄稿しているとのことである。

その雑誌を手に持たされ、スチール・ヘッドの凄い大物をぶらさげて日光の中で微笑している中年紳士の写真を見ていると、本人がマティーニのグラスを手にして悠々とあらわれ、ガップリ、厚く、あたたかく、固く握手した。これは体重二三〇ポンドという見上げるような巨漢で、ヒゲがソルト・アンド・ペッパー、つまり塩と胡椒、日本でいうゴマ塩であったが、ゆったりと微笑すると、ヘミングウェイにそっくりであった。あまり酷似しているので、しげしげ、見とれたほどであった。それからミンスク近辺の出身という、アジア・ロシア人の農婦そのままの顔をした奥さんのヴェラ。夫に底なしに忠実で、底なしの大酒飲み、かつ底なしの食欲の持主で、金属、陶器、木彫、材質を問わずすべてブタを表徴した物なら何でも蒐集するという趣味の持主。この二人がオタワ以後、十日余り、毎日、朝から晩まで、ほんとに手厚く晴朗に私たちを案内してくれた。最後の日にトロントの中華料理屋で昼飯を食べたあと、ある駐車場で別れの握手をしたときには思わず眼がシワシワしてきて視線のやり場に困ったほどであった。

　三井物産の香港支店長をしていたときに船坂氏は魯迅の詩が気に入り、それを香港随一という名声の書家に二度も書きなおさせたという、飛翔するような雄渾の達筆が二階の壁にかかっていた。阿川提督と私がたちどまって声を呑んでいると、船坂氏がそのよこにたって、われらの無知をさりげなく優しく保護しつつ、一語一語、音読し、かつ、口語訳して下さる。

運ハ華蓋《かがい》ニ交《あ》イ何ヲ求メント欲スル、
未ダ敢テ身ヲ翻《ひるがえ》サズ已《すで》ニ頭ヲ碰《あ》ツ。
破帽モテ顔ヲ遮《かく》シテ鬧市《どうし》ヲ過《よぎ》リ、
漏船《ろうせん》ニ酒ヲ載セテ中流ニ泛《うか》ブ。
眉ヲ横タエテ冷カニ対ス千夫ノ指、
首ヲ俯シテ甘ンジテ為《な》ル孺子《じゅし》ノ牛。
小楼ニ躱《のが》レ進《い》リテ一統ヲ成シ、
牠《そ》ノ冬夏ト春秋タルニ管《かん》センヤ。

これは『自嘲』という詩であるが、魯迅は謙遜して、戯詩だといったそうである。岩波版の松枝氏訳と、船坂氏の口語訳と、私の無知訳をまぜて人意だけを伝えると、つぎのようになるだろうか。

凶運に出会ってどうにもならぬ。
身をかわすすきもなく、頭、ぶっつけた。
破れ帽子で顔をかくして雑踏をよこぎり、

ボロ船に酒を積んで河をさまよう。
みんなが何をいおうと知ったことかい。
家では背中に子供をのせてオ馬ドウドウ。
二階にこもってこぢんまり家族を守り、
この世は春だの秋だの、勝手にしやがれ。

ガナノクというのは大いなるセント・ローレンス河がさらに大いなるオンタリオ湖に注ぐあたりにある小さな、小さな田舎町である。このあたりでセント・ローレンス河は非常に河幅が広くなるが、あちらこちらに大、中、小、無数の岩島が点在しているので、その間を縫ってボートで走ると、淡水の多島海巡りをするようである。ここで二日間、一つのボートでトローリングを朝から晩までやってみたけれど、予想の通り、アタリもカスリもない。船長はジェイク・ハントリーという名の上に客の気をそそろうとして〝マスキー〟を冠し、マスキー・ジェイク・ハントリーという欲張った名を名乗りあげ、ルアーを流すまえにはきっとキスしたり、唾をつけたり、ときにはポコチンに触れる真似など、一連のオマジナイをやってみたのだが、マルグレ・トゥー（にもかかわらず）、マスキーは姿も見せなかった。一日めの午後に八ポンドほどのパイクが一匹、二日めの夕方に退屈しのぎの餌釣りでスモール・マウス・バスとラージ・マウス・バスが四匹釣れただけであった。フライ・パンにちょうど入るぐらいの大きさの魚を〝パン・サイズ〟というが、淡水魚で食べてうまいのはこのサイズである場合が多い。夜になってこの四匹を濡らした新聞紙に包み、冷めたい秋雨のなかをキングストンという小さな町に走り、『華娃酒家（チャイニーズ・ドール・ハウス）』という菜館に持っていって清蒸全魚に仕立てさせたところ　皿まで食べたくなるような珍羞《ごちそう》に化けた。

（スモール・マウスはラージ・マウスより体は小さいけれど、闘争ではずっと上回る。突進も跳躍も、チビ助のくせにみごとなダイナマイトぶりである。これは通念に反するようだけれど、少くともこの日の夕方を一貫して目撃された現象であった）。

　それから私たちはオタワ市まで走ってシェラトン・ホテルに入り、そこで慇懃をきわめた船坂氏、および貧乏神を背負った阿川提督と別れ（この人といっしょだと奇妙に魚が一匹も釣れないが、それはつぎに詳述）、トロント市から奥さんと二人でやってきたボブ・ジョーンズと出会う。この日から以後はボブが案内役を買っててでてくれることになり、私たちはいわば白紙委任状で身柄を彼に托したのである。ヨチヨチした英語でカナダとあなた自身の名誉はあなたにかかっておると　半ば脅迫の口調で言上すると、ボブはおっとりと笑い、神のみぞ知り給うと、呟やいた。ホテルの駐車場につれていかれたところ、ボブのフィッシング・カーであるフォルクス・ワーゲンのコンビは、屋根にアルミ製のカヌーを二隻、しっかりとプロの結び方でのせていた。内部を見ると、粗織りのカーペットを敷きつめ、天井には竿架けがずらりとあり、座席の下がボックスになってリールとタックル・ボックスがつめこまれ、完全なプロとしての設計ぶりであって、一瞥で感服させられた。最後にボブが黙って指さした段ボール箱を何気なくのぞいてみると、ウォッカが三本、ホワイト・ラムが三本、テキーラが一本、あとはジンとウイスキーが何本かずつ。それらのどれもこれもみな栓が切ってあって瓶の中身は飲みかけだと、これまた一瞥してわかった。ドえらいドリンカーといっしょになったものだ。何やら底寒さをおぼえる。これからさき十日間ほど寝食を共にするはずなのだが、今からコレでは、どないなるねン?……

翌朝、九時頃、ボブは私をコンビに乗せ、シェラトンから十分か十五分ぐらいの運河につれていった。これはリドォ川という川で、英仏戦争の当時に火薬運送のために掘ったものだという説のある川である。大学のキャンパスのはずれを流れるともなく流れている水であるが、鉄橋がかかっていて、その上を、自家用車、ダンプ・カー、トレーラーなどがのべつにごうごうガアガアと軋《きし》みつつ走っている。地図としては市のはずれに近いけれど耳と心には現代都市のドまんなかである。その川岸の草むらで、ボブはジム・マクローリンという若者に私を紹介してくれた。この若者は釣りのガイドではなく、どこかの洗濯屋で働いているのだが、とてつもない釣狂であり、同時にマスキー・ナッツ（マスキー狂）である。昨年度はこの川だけでマスキーを何と五十三匹釣り、そのうちキープしたのは一匹だけで、あとはことごとく逃がしてやった。二時間に七匹釣ったこともある。こいつにマスキーを釣りたいといったら、何ポンドのを釣りたいのかと、まじめな顔つきで反問するくらいである。昨夜、ホテルの部屋でチビチビやりつつ自信満々の口調で説明したことをボブは川岸でもう一度、悠閑の口調で説明した。洗濯屋のジムはそれを聞きながら、自身への讃辞にもかかわらず、いっこうにテレもハシャギもせず、むっつりとしている。若くて、たくましくて、腹がすでにムックリ出ているけれど、赤毛、オデコ、ニキビだらけ、眼が丸くて小さい。何となくしぶとい、ツンツン匂う精力の持主らしき感触である。

見たところ、リドォ川は現代都市のドまんなかを流れる運河にふさわしく、水の色はどんよりにごっているし、流速といっては流れるともなく流れるという程度である。しかし、眼に底を入れて眺めるともなく眺めると、そのにごり水の岸に白鳥が三羽、どうやら野生らしいのが、二羽の両親に一羽の子という組合わせでのどかに泳いでいる。黒と茶のリスが何匹も草むらから木、木から草むらへとチョコマカ明滅しつつ走っているのも見られる。さらに時間がたつうちには、一匹のミンクが、丸い、小さな頭を出没させつつ川岸の草むらで遊んでいるのを見たし、茶がかった、おそらくはコットン・テール（綿の尻ッポ）と呼ばれる種のではあるまいかと思われるウサギが、ひょいひょいと走っていくのも、目撃した。ボブ・ジョーンズは、明滅するリスを指さしながら、おれはリスを射つ趣味は持ってはいないけれど、あれはパイにすると、とてもおいしいのだよと、教えてくれた。リスはまぎれもなくネズミの一族なのだし、東南アジアの水田の野ネズミの肉があれほどとろりと絶妙であったことを思いかえせば、このかわいい動物もすばらしい小さな肉をささやかに持っているにちがいないと、その一点だけはうなずけた。

（五カ月後に、私は、南米、ペルーのアンデス山中のアレキパという古雅な町で、〝クイ〟を食べることになる。これはモルモットである。最高の牧草であるアルファルファを餌にして牧場で飼ってるのだということだったが、インカ帝国時代からの伝統の食獣である。皮を剝いで丸ごとスガタで唐揚げにすると、ニュッと歯を二本むきだしていてネズミそのものであるが、肉は白くてとろりとし、逸品であった）。

洗濯屋の主人に何をどういいくるめて時間をつくったものか、赤毛のジムはボブにいわれて、二日間、朝から晩まで私につきあってくれた。アルミのボートに私をのせ、ゆらゆらと運河を下りつつ、あちらで一時間、こちらで一時間とキャスティングをする。ココダと思う場所にくると、何十回となく飽きることなくしぶとく食いさがってキャスティングする。プラグ、スピナー・ベイト、ジャーク・ベイト、ありとあらゆる手持ちのルアーをとっかえひっかえして攻めるのである。運河は岸からまんなかのあたりまでギッシリと藻が茂ってジャングルになっているが、今は枯れて水中にだけ茂っている。ところどころそれが穴になっているが、ジムはその穴の上下と周辺、左右を、ときには強く、ときには弱く、ときには速く、ときには遅く、ときには強弱とりまぜて投げちゃ引き、投げちゃ引きする。ジムもボブも二人して私にしちくどく忠告してくれたところでは、ルアーをボートのそばでひきあげるときに強く操作して水中で8の字を描くようにして泳がせてみろと、いうのである。これをやるとやらないとでは三割から四割、成績が違ってくるとのことである。マスキーはルアーを人の目につかないようにこっそりと追っかけてきてどこか近くから眺めていることが多いから、そこで8の字をやると、ルアーに動きの変化が出て、その瞬間に襲いかかることがよくあるのだとのことであった。しばしばボートの下からとびだしてくることもあるとのことである。いわれるままにやってみたら二日めの午前中に高校生サイズのパイクが狂ったように駈けつけて食いつき、ナルホドと痛感させられた。これはマスキーだけではなく、ブラック・バスにも応用できる手法である。疑うなら、やってみろ。

一九七九年。九月二十一日。金曜日。

今日はジムが洗濯屋で働かなければならないので、ボブがひきうけてくれる。朝からどんより曇っていて、見るからに暗鬱、低迷の空模様である。天気予報では午後から雨になるとのことである。しかし、これまでの私の経験ではイワナでもマスでも晴れに晴れたドピーカンの日よりはイヤな空模様の日にかぎってよく釣れるという定則があるので、駐車場ではボブと、今日は空が曇っているといって、よろこびあった。空が曇ったといってよろこぶのは釣師ぐらいのものだろうと、ボブは皮肉に眼を細めた。凸凹だけれど頑強なジムのボート（他人の物らしいが……）がないので、今日はボブのアルミ製のカヌーを自動車の屋根からおろす。これは軽くて、音をたてなくて、穴場に猫足でしのびよるには絶好のボートなのだが、立つと重心がぐらぐらしてひっくりかえる恐れがあるので、すわったままで闘わなければならないという制約がある。これに私が乗り、ボブがシャモジに似た一本櫂を操って、橋から上手までさかのぼり、あそこへ投げろ、ここへ投げろと指図する。上手にはもう一本の橋があり、そこは浅瀬になっていて、濁水が泡をたてている。下ってくると、二日間なじみつづけた野生の白鳥が三羽、夫婦二羽と子供一羽、今日も岸辺に浮んで首をかしげ、何やらはかない枯れ気味の水草をついばんでいる。そのすぐそばを上ったり下ったり、呟やいたり叫んだりしている私たちにまったくおびえもしなければ注意もせず、ただ閑雅にものうげに水草をついばんだり、ときたま空を仰いだりして、のびのびとしている。すぐそばに堂々とした鉄橋があってありとあらゆる種類の自動車がめいめいの騒音をたてて、ドンドンばんばん走りつづけているのに、白鳥たちは、てんで、無視している。

けろりとしている。ふりかえりもしない。野生と文明は条件によっては共存しあえるのではないかという重大な思考の端緒が、いきいきと、私のアルコール浸しの脳のさなかでパチッと音をたてて、閃めきそうである。

鉄橋の手前の浅場にまばらにスイレンの葉の浮かんでいる場所がある。それにまじってすなおに藺草《いぐさ》が叢《むら》となって生えているところもある。正午に近く、そこへさしかかったので、けだるい気持でルアーを投げていると、突如として、淡褐色の水中に幽霊が出現した。巨大なワニの頭がぼんやりとあらわれ、閃めいたり、くねったり、光ったりするルアーを、少しの距離をおいて、まじまじと眺めているのだ。しかし彼はそこに堂々と、筋だらけの頭を見せて、ゆったりと浮かび、まじまじとルアーを眺めてはいるけれど、それきりである。それまで悠閑、静謐をきわめて一本櫂を操っていたボブ・ジョーンズがぐいと巨体を乗りだし、声をひそめ、ああしろ、こうしろ、8の字を描け、ルアーを水から出すな、小声だが全心をこめて叱咤した。私は判聞できるままにルアーを操作して、必死になったが、暗い水のなかでワニの頭は、おびえるのでもなく、いらだつのでもなく、やがてじわじわひっそりと、消えていった。一度、岸辺へもどり、タバコを二本ほど吸ってから、もう一度おなじ場所にもどってスピナー・ベイトを投げたがダメだった。そこでジムの傷だらけの発泡スチロールのバケツのふちにかけてある無数のマグナム・サイズのルアーのうち、何気なくビニール製のサラマンダー（サンショウウオ）の黒を選んで、スチール・リーダーのさきにつけ、投げて、水にちょっと沈むのを待ち、ひょいひょいとしゃくってみたら、たちまち水草の腐った茎にひっかかってしまった。エイ、くそと思って竿の穂先を強引にしゃくったら、突如として糸が水を切って走りはじめ、巨大な淡褐色の魚がスイレンの葉かげを走った。

「魚だ！」

私が叫ぶ。

「ＷＯＷ！」

ボブが叫ぶ。

ボブはつぎつぎに昂揚しながらも低い、圧力のこもった声で指令を発した。けれど私は御叱呼をチビリそうになっているので何を聞いたか、それをどう実行したか、まったくわからない。怪物はブレーキのかかっているリールから平然と糸をひきだしつづけ、潜りつつ左右へ突進し、リールは呻めきつづけた。その間にも川の流れにおされてカヌーはじりじりと流れつづけた。橋ぎわまで流されたときに怪物のワニのような巨体が暗い水からおぼろげに浮上してきたが、それを見るとワイヤー・リーダーがしっかりと頭に巻きついて口を閉ざしている。これで魚は窒息しかかって精力を削減され、名声のトラさながらの大跳躍ができなかったのだろう。ホッとした瞬間、怪物は姿を消し、ボートの底をくぐってあちら側へ浮かび上った。そのときにチラと一瞥すると、もうワイヤーは口からほどけていた。この瞬間に私は御叱呼をチビリそうになりつつ竿をいきなりリールの装着してあるところまで水につっこんで圧力に耐えた。アマゾン河でドラド釣りをしたときにおぼえた手法である。こうしないと糸がボートの底とすれあって爆発音をたてて切れてしまうのである。ブレーキを極微にゆるめたり、極微にしめたり、三瞬、四瞬、気が遠くなりながら指さきで操作する。リールは無気味に呻めいたり、だまりこんだりする。カヌーが橋の下に入り、影が水を暗くし、夜の淵から怪物が巨大な頭をふりつつもゆっくりと浮上してきた。突如の猛進、突進は疲れきってもうできそうにも見えないけれど、まだまだ精力は蓄積されていそうである。このまま竿を支えて怪物といっしょに川を流れていけばいいのだ。チカチカする眼を瞠《みは》りながら、指でたえまなくリールを微調整しつつ、危険きわまる乱杭を何となくやりすごした。橋の下を通過すると曇天ながら陽が射して、水が朝になった。それから怪物といっしょにじわじわと流れていき、ボブが寡黙だが精妙な櫂さばきでカヌーを岸辺の草むらにそっとつけてくれた。彼の手渡してくれた幻想的なまでに巨大な手網で怪物を頭からすくいとったが、私は昂揚のためにくたびれきって、持ちあげることができない。這うようにして手網をひきずりひきずり岸へあがった。

あえぎあえぎ、

「これはトロフィーといえるか？」

たずねた。

ボブは大きく、ゆったりとうなずき、

「三〇ポンドはある」

といい、

「トロフィーだね」

といった。

シェラトン・ホテルで朝食のベーコン・エッグスを食べながらジムはこんなエピソードを話してくれる。あるカナダ人の学校教師は釣狂でもありマスキー狂でもあったが、毎年の休暇のうち一カ月だけをマスキー釣りに捧げて三十七年間励んだところ、二〇ポンド以上のはそれだけの歳月の間でもたった二匹しか釣れなかったというのである。その先生は釣師としてはけっしてヘボではなく、バスだの、マスだのを釣らせると、なかなかいい腕前だったそうである。だのにマスキー釣りではそんなに信じられないくらい不振であったのは幸運に恵まれなかったからだとしかいいようがないけれど、マスキーという魚の性格はそれくらい謎なのだ、とジムはいう。大体この魚について書かれたり言われたりしてることは、オレの経験からすると、ほんのときたまをのぞいて、あとはすべて信じられないねとも、ジムはいう。

「釣師は誰でも、どんな魚についてでも、めいめい秘密を持っている。または秘密と信じこんでいる何かを持っている。そういうものがめいめいにある。マスキー釣りの場合、君のトップ・シークレットは何かね。マエストロ（巨匠）・ジム・マクローリン」

私がたずねる。

ジムはしばらく考えこんでから、

「確信だ」

たったひとことと呟やく。

むつかしいことである。矛盾といえば矛盾といえる。釣れない、むつかしい、謎だ、苦役だと、口をきわめて例証豊かに説明しておきながら、この魚は釣れるのだという確信を持てと、おっしゃるのである。ジムは去年だけでも五十二匹のマスキーを釣り、その最大記録は三五ポンドだというのだから、さきの不運な先生とくらべると破天荒なラッキー・ボーイだといえそうだが、このあっぱれな成績はジムの穴場の特殊さにも支えられている。つまり、リドォ川である。この運河は狭いのでマスキーを求めてあちらこちらとさまよい歩く必要がない。誰もこんな現代都市のドまんなかを流れる運河にマスキーが棲んでいるなどとは思っていないから釣師に荒される心配がない。

この運河にはギッシリと藻のジャングルが茂っているので、マスキーは、餌の小魚と隠れ場所、栄養と安全が手に入り、のうのうと暮していける。やってくるのはジムくらいである。ジムは釣っても逃してやるから魚は減らない。この運河にいるマスキーはたいていオレが一度は釣ったやつばかりだから、どこかに古傷の痕がついてるはずだ。ジムは淡々とした口調でそう豪語するのである。

これはどうやら事実である。私が釣ったのもあとでよくしらべてみると、顎の裏に古い血色のひっかき傷が一つ、ついていた。

ボブ・ジョーンズの目測と推定によると、このマスキーはたぶん牝で、年齢は十四歳か十五歳、体重は三〇ポンド、いうことなしのトロフィーだという。アラスカからこちら私はずっと魚を釣っては逃し、釣っては逃しして南下してきたのだが、この魚ばかりは逃してやれなかった。もう生涯に二度とこんな幸運と奇蹟に出会うことはあるまいと思って全身がふるえあがったのだ。そこでシェラトンに持って帰り、ボブがキッチンへ持っていって冷凍をたのんでくれた。丸太ン棒のようにカチカチになったのをトロント市の、ボブの知りあいの、ゲイリー・ヒルという剝製《タクシダーミスト》師の店へ持っていき、フィッシュ・マウントにするようたのんだ。これは魚の肉と内臓を掻きとったあとに石膏をつめて板に貼りつける仕事であるが、落して割らないかぎり、永久に魚の形相をとどめることができるのである。〝フィッシュ〟といわないで〝アニマル〟

と呼ばれ、〝釣る〟といわないで〝狩る《ハント》〟と呼ばれる魚の、その二語にふさわしい体格と、巨眼と、牙の怪物を眺めて、私は深夜に衰退した自身を鼓舞することとしたい。そんな時刻には私は自我が霧散して朦朧となり、手をつかねてうなだれるばかりだから、この壮烈な事物の力にすがって生きのびたいのである。そろそろ私も玩物立志の年齢にたどりつきつつあるか。

　ここに一つの不思議が登場した。アラスカ以来かねがね私が一貫して首をかしげて結論を下すのをはばかってきた一連の事実に今やハンマーをふりおろすような具体性と明晰さをもって断を下せる日が到来したのだ。〝オタワの奇蹟〟をやってのけ、全心と全身が恍惚で虚脱してホテルにもどり、黄昏をティットビット（一口の珍味）にしてウイスキーをちびちびやっているうちに多種多彩の眩暈《めまい》が体内からしりぞいていったが、そこでハタと、阿川（弘之）提督の姿がないことに気がついたのである。トロントからずっといっしょに提督と来たのだが、すでに二日前にニューヨークまで汽車で行くんだといって提督は姿を消している。提督が姿を消してから二日めにこの〝オタワの奇蹟〟が発生したのである。

　私はこの人にアラスカのマッキンレーの麓の荒野を流れる川でルアー・フィッシングの手ほどきをしてさしあげ、糸の結び方、竿のふり方、リールの操作、すべてを伝授したのだったが、グレイリングは一匹も釣れなかった。つぎにトロント市でふたたび出会い、郊外の松林にある湖（船坂氏の説明によると一万匹からのニジマスが放流してあるのでアホでも釣れるという評判の湖）へニジマスを釣りにいったところ、まぐれというアタリかたで提督は一匹釣り、私には一匹も釣れなかった。提督は船坂邸の芳名録にサインしたあと、

鱒釣れず落葉さびしき開高忌

一筆書いて、だまって私にその筆をわたした。ガッデム。ファック。シット。私としてはそういいたいところだが、こんな挑発にノボせて血圧をあげてはならない。つぎにガナノクへ遠征して二日間、トローリングをやったところ、中学生サイズのパイクが一匹かかったが、それはトローリングの退屈さにくたびれて提督がホテルで昼寝しているときだった。そこで提督は張りきって翌日、ボートに乗りこんできたが、一時間、二時間、三時間、いくら走っても、アタリもカスリもなかった。ここで私は一連の事実をつなぐ一本の赤い糸にやっと気がつき、近頃あなたのバクチのツキはどんなぐあいですと、一問を呈してみた。提督はノボセ症ですぐカッとなるので〝瞬間湯沸し器〟というアダ名の持主であるが、バカッ花、マージャン、ドボン、ポーカー、何でも大好きなのである。

「申し訳ない。すまん。おれは貧乏神なんだ。日本を出るときに吉行（淳之介）にちょろりと一〇万エン、してやられた。つぎにハワイを出てくるときに二〇〇〇ドル、これまたちょろりとやられたんだ。おれはついてない。それが君にうつったのかもしれない。おれがいると君に魚がこないようだ。おれは君の、出世のさまたげになる。オタワについたらすぐ消えてやるヨ」

日頃の、いかにも海軍出身らしい、背筋正しい姿勢が、このとき、セント・ローレンス河の初秋の晴朗で燦爛《さんらん》とした日光のなかでヘタヘタと崩れた。ガックリとうなだれ、猫背になり、いつものセカセカした早口のいらだたしい文体がにわかに低くなり、にぶくなり、朦朧として、かつ、例のない謙虚さを見せた。バクチ師も釣師もツキについてはきわめて敏感で、つねづね辛酸の妄想と経験を舐めさせられているものだから、この提督の自己批判ぶりには、私のそれまでの原因不明の焦躁をやさしくなだめてくれるものがあった。このヒトがいるから釣れないのであって、私のせいではないのだと、じつに明晰に事態の真因が理解できた気持になれたのである。

そこで。

オタワの黄昏とウイスキーで昂揚がキラキラからほのぼのという転調を見せた時点を見はからって、一足さきにトロントへ帰った船坂氏に電話し、マスキーが釣れましたよ、それもトロフィー・サイズが釣れましたよ、というと、氏は、ホウーッと深い嘆息をついた。カナダと、船坂さんと、ボブ・ジョーンズの名誉はみごとに確保されましたというと、氏は、また、ホウーッと嘆息を洩らした。

「……ただし、一つだけ気になる事実があるんですね。阿川提督が消えてから釣れたという事実があります。ここです。これだけが気になりますね」

聞いたとたんに船坂氏はゲラゲラ笑いはじめ、よろし、よろし、提督にはいずれまた会いますから事実を報告しておきましょうと、寛闊。哄笑。

それにしても私は、何十回か、愕《おど》かずにはいられない。何十回、リドォ川を見とれたことか、わからない。オタワはカナダの首都であって、高層ビルと自動車と大群衆、アスファルトとガラスと声のひしめきあう、まぎれもない現代都市なのである。シェラトン・ホテルはごぞんじのようにちょっとした都市ならどこにでもあるホテルで、ヒルトンとならんで〝都市〟の代名詞になっているホテルである。そのホテルからたった十分もかからないところにリドォ川は、ある。オタワ市の中心そのものではないけれど、まずそのあたりにある運河である。自動車で通過するなら橋をわたりながらもあまりに小さいのでチラとふりかえることもあるまいと思われる、暗い水をたたえた、ただの溝である。

しかし、四日間の私の観察によると、そのシケた運河には野生のハクチョウと、たくさんのリスと、ウサギ、一匹のミンクの姿すら目撃することができた。マスキーについていうならば、この魚は底知れない貪食漢なのだから、この魚を大きく育てるためには莫大な量の餌が、それも生きてうごいている餌が必要なのであり、この運河にはよほど大量の小魚や中魚が棲んでいるのだということになる。マスキーやパイクのいる川なり湖なりはとりもなおさずよほど栄養がいいという状況の証左にほかならないのである。

この市にも釣師たちがたくさんいて、その数はどこともおなじように毎年増加の一途なのだが、いくら彼らが固定観念にとりつかれたウッカリ者ぞろいで自分のお尻のすぐ下に秘遠の桃源郷があると知らないのだとしても、それならそれで彼らはよほどオットリしているのだと、私はいいたくなる。日本では海と山とを問わず魚の数よりも釣師の数のほうが多いので、誰も彼もが夜討ち朝駈け、地獄耳、いたましいばかりにひたすら殺気立ち、掃滅的にならざるを得ないから、〝穴場〟だの〝秘所〟などというものはあり得ないのである。かりにこのリドォ川がその水中と岸の生物たちをそのままにして東京の中央区のどこかに流れていたとしたら、たった三日間でリスもマスキーも絶滅させられるのではあるまいかと、愚考したいのである。して見れば、このリドォ川はカナダ国と日本国の〝差〟の、その背後にあるおびただしいものの〝差〟の、象徴そのものなのだといいたくなるのだが、どうだろう？……

さて。

こうしてはからずも私は〝オタワの奇蹟〟をやってのけたので、さっさとカナダを離れてつぎの目的地へいそいでよいということになったのだが、船坂氏のプランどおりに、さらに何日かをさまよい歩くことにした。オタワから離脱してトロント方面に向い、スキューゴグという湖で一日、つぎにヒューロン湖の一部のジョージア湾、そのまた一端のセヴァーン港というところで四日間、ボブ・ジョーンズ夫妻と飲みつ飲まれつしながら武者修業にはげんだ。スキューゴグの湖は円型だが中央に円型の島があるので、全体としてはドーナツにそっくりだという奇妙な湖であった。

ボブは日頃から『アウト・オブ・ドアーズ　オンタリオ』という野外雑誌に記事と写真を寄稿しているのだが、その編集長のバート・マイヤー（三十歳）というのがマスキー狂で、トロントからオンボロ自動車でオンボロ・ボートをひきずってスキューゴグへ午後遅くにやってきた。ゲラ刷りを校正で読みすぎたせいかひどい近眼で、ビール瓶ぐらいの部厚さの近眼鏡をかけ、とがった顔の半分をもじゃもじゃの陰毛ヒゲでかくしていた。私をオンボロ・ボートにのせて湖のあちらこちらとトローリングをしたり、キャスティングをしたり、何時間かをいっしょにすごしたのに、口をきいたのは二度きりであった。一度は、今週の週末からカモ撃ちが解禁になるのでおれは竿《ロッド》から銃《ガン》に転向するのだと呟やき、それからよほどたってから、これからあんたはどこへいくのだとたずねた。その二度きりであった。

この種のムッツリ変人は釣師によくあることで、私は慣れっこになっているから、こちらもムッツリしたきり、ただひたすらルアーを投げちゃひきし、投げちゃひきした。マイヤーは隠者のように無口だけれど、キャスティングをやらせてみると、精妙、的確、執拗であって、さすがと思わせられた。しかし、一匹も釣れず、アタリもカスリもなかった。べつのボートに乗ったボブとナオの組では、ナオが八ポンドか九ポンドくらいの中学生サイズを一匹釣った。この日は午後から暗くなり、暗雲、寒風、氷雨、冷えこみがしたたかで、夕方になって岸に上ったらマイヤーの陰毛ヒゲのなかで鼻さきがネズミのそれのように赤くなり、私は身ぶるいを止めるために三口か四口、ウイスキーをカッ食らわずにはいられなかった。

つぎにボブにつれていかれたのはオンタリオ湖ではなくてヒューロン湖である。その海さながら無辺際の淡水の展開の一部にジョージアン・ベイという湾がある。湾といったってそれ自体が無辺際の展開なのである。そのまた一部がポート・セヴァーン。そこに〝アロウ・ウッド（矢の木）〟という名の清潔で剛健なロッジがある。そこに寝泊りして、四日間、びったり、午前も午後も、ひたすらトローリングをやってみたのだったが、とうとう一匹も釣れなかった。ボートについているローランスのフィッシュ・ファインダーを見ると、しじゅう赤点が明滅して、かなりの大物がいるらしいとわかるのだが、ついに一匹も食いつかなかった。シスコ・キッド、ラッキー・ル・ジョン、フラット・フィッシュ、いずれも眼を剝《む》くようなマグナム・サイズのルアーをつぎつぎとっかえひっかえして流したのだが、魚は昏睡に陥ちこんでいるのか、ピクリとも反応しなかった。

九月も下旬にさしかかり、今年の夏の最後の炎が、四日間、輝やきに輝やき、微速でうごくボートではひたすら眠かった。とろとろ眠ってはさめて水平線を眺め、またとろとろと眠りこみ、骨からも肉からも睡気は甘い霧のようにしみだしてきて、眼をあけていられなかった。

たまに眼をさますとアイス・ボックスから冷汗まみれのセブン・アップをとりだして飲むのだが、カナダ人であるボブ・ジョーンズにこの世界的にヒットしているライム飲料の名のいわれを聞いても、わからんなあ、というだけであった。

「あれを七回立たせることができるというんだろうか？」

「そうあってほしいね」

「毎朝七時になれば立つという意味だろうか？」

「昔の話だね」

ボブは二三〇ポンドの巨体の巨腹をゆっくりと撫でつつ、夏の最後の挨拶に眼を細め、ヘミングウェイそっくりの男っぽい顔にホロにがい微笑をうかべて、小さな、緑色の瓶から、一口、ごくりと飲む。

註・その後、トロントの船坂氏はボブ・ジョーンズから詳細を聞いてジッとしていられなくなり、オタワへかけつけて洗濯屋のジムを呼びだし、リドォ川へいっておなじ場所をおなじルアーで徹底的に攻めたけれど、マスキーは一匹も得られなかったとのこと。

しかし、ジムはその秋の終りごろにリドォ川で三〇ポンドのマスキーを仕止め、土地の新聞に大きな写真がでた。

俺達に明日はない

「これからどこへいくんだい？」

「フロリダ。ブラック・バス。ニューヨークへ一度もどってね、ホテルに預けてある荷物をひきとってから、フロリダへいきたい。あそこのバスはすごく大きくなるそうだから」

「フロリダのどこへいく。ロッジは予約してあるのかい？」

「何も」

「それじゃ、これを参考にしたらいい」

某日、ボブ・ジョーンズはそういって一冊の本を貸してくれた。これにはＵＳＡとカナダの、あらゆる種類の淡水と海水の釣りの専門家、アウト・ドア・ライター、ガイドたちの住所と電話番号がギッシリとつめこまれてあった。この本一冊でずいぶんたくさんの手間が省ける。ボブの懇篤と注意深さには感謝のほかない。

アメリカのバス釣界には名探偵でいうと、シャーロック・ホームズ、エルキュール・ポワロ、エラリー・クィーンなどにたとえたい名声を持った人物がひしめいているが、ボブの名鑑からホーマー・サークルという名をぬきとった。これがホームズであるかポワロであるかは後日に譲るとして、かねてから〝アンクル・バス（バスおじさん）〟と呼ばれている人物で、私は彼の本を読んでいるし、写真は何度もあちらこちらの野外雑誌で見かけている。ニューヨークにもどってビンが電話してみると、サークル先生は運よく家にいて、気安く電話口に出てくれた。フロリダのバス釣りはセント・ジョン川一帯が有名だけれど、今の季節ならジョージア州とフロリダ州の州境にまたがるセミノール湖のほうがいいだろうと思う。ジャック・ウィンゲートという男がそこでロッジをやってるからたずねていきなさい。これはロッジの経営者だけれどなかなかの釣師でもあるから、たよりにしていいよ、とのことであった。ただし、今年の夏は暑すぎるのでもうちょっとしてからのほうがいいんじゃないかという、気がかりな一言が刺身のツマのようについている。

すでにニューヨークは全身を深秋に浸していて、暗くて低い雲とビシャビシャの氷雨のなかにうずくまっていたが、タラハッシーの空港におりてみると、ギラギラ照りの快晴であった。ジョージア州もフロリダ州も空は青くて白熱し、うるんでもいて、ねばねばした湿気が膚にもたれかかってくる。ハイウェイの両側の木立にはしばしばスパニッシュ・モス（スペイン苔）という寄生植物が老人の顎ひげのように垂れさがっているが、鬱蒼と茂っていて、それ自体が一つの森のように見える。寄生者が宿主よりも繁茂しているのである。その暗がりのなかにも熱と汗がどんよりたちこめ、湿気が澱んで、古沼のようである。〝南〟なのだ。東南アジアやアフリカや中近東や西日本とおなじである。毛孔という毛孔にミッシリねばねばともたれかかってくるこの湿気のなかにある憂愁が音もなく癩《らい》のように私をとろかしにかかる。これとのひそかな内心の闘いは人や事物とのあらわな闘いよりも私を衰退させる。尨大な、柔らかい、息苦しいような、湿めった熱に全身を包まれた瞬間、私は過ぎし日のさまざまな音と光景が一時にわきあがってくるのを感じてヨロヨロとなると同時に、しばらくぶりのなつかしさで眼がうるみつつも、犯されるまい、浸透されるまいとして貝殻質の覚悟をすばやく鎧のように心にすっぽりかぶせもしたのだった。所詮は慣れること、忘れること、忍の一字しかないと思うのだが……

さて。

セミノール湖は広大な人工湖である。ダム湖である。面積は三七五〇〇エーカー（一五二平方キロ）。〝セミノール〟というのは原住インディアンの部族の名前で、この部族はかなり大きかったのか、フロリダ州内のあちらこちらに字を見る。このダム湖はフリント川とチャッタフーチー川の二つをせきとめて作られたのだが、ほかにもたくさんの小さな川があり、またこの二つの川にいくつもの支流が流れこんでいる。

ちょっと面白いのはダムから下流は名前が変ることで、アパラチコラ川となる。この湖の顔はさまざまで、藻のぎっしりと茂った浅場、沼沢地、無数の水浸りの立枯木の林など、ちょっと見ただけで、ここならブラック・バスがたくさん住めそうだ、大きくなりそうだ、釣れそうだと、心がはずむのである。湖の住人はアリゲーター（禁漁）、カモ、アライグマ、魚としては、ブラック・バス、ストライプト・バス、サンシャイン・バス（混血児《ハイブリッド》とも）、マレット、パーチ、ブルーギル、クラッピー、ガー・パイク、コイ、チャンネル・キャット（ナマズ）など、多彩である。

　しかし、私の目標は、ただ一つ。ブラック・バスである。フロリダ州のバスは他州のにくらべてケタはずれに大きくなるので名声がひびいている。外見はブラック・バスそのものであるが、品種がちょっと違うのではないかと考えている釣師が多い。この魚の大物には釣師の敬意をこめた愛称がたくさんあり、〝ミスター・ビッグ〟、〝ブロンズ・バック（青銅の背中）〟、〝バケット・マウス（バケツの口）〟、〝エイジレス（年なし）〟などと呼ばれる。いったい何ポンドぐらいからバスは〝大物〟といえるのか。これはボート、湖岸、ロッジ、バス釣りクラブ、酒場などで釣師たちがしょっちゅう蒸返しているはずの議論であろうと推察するが、よく釣れるのは三ポンド（一・三六キロ）から四ポンド（一・八キロ）あたり。四ポンドをこえると、どういうものか、ひどくむつかしくなってくる。長年月にわたってバス釣りにうちこんで、数からいえば、千匹をこすぐらい釣っているのに」、とうとう四ポンドをこえることはできなかったというような話をよく聞かされるし、読まされるのである。

だから、八ポンド（三・六キロ）から一〇ポンド（四・五キロ）になると、やにわに竿を投げだしてその場に膝をついて神様に感謝を捧げなければなるまいと思われる。釣り雑誌を見るとしょっちゅう凄い〝ポット・ベリー（壺のような腹）〟を両手で抱えてチャンピオンが白い歯をむきだして笑う写真がでているし、そういうトロフィーの釣り方も、毎月、毎号、赤ン坊に言葉を教えるような文体で解説が満載されているが、十人のうち八人までは、一生かかってもそんな奇蹟には出会えない。そうとわかりながらも雑誌を買いこみ、記事を読みあさる癖はやめられそうにないのである。ユタのパウエル湖では暑熱のため、カナダのガナノクでは台風のためという批評がついたが、いずれにしても私はこの魚の〝大物〟を釣りそこねているので、ここまでやってきた。〝大物釣り〟ばかりが魚釣りではなく、むしろそんな釣りにウツツをぬかしているあいだは青二歳、いわば宮本村の武蔵《たけぞう》であって宮本武蔵ではあるまいと思いながらも、フロリダのバスは大きくなると聞いて、ヤッパリ、ここまで、深南部までやってきた。悲観主義的楽観主義者、ポンコツ中年の青二歳、偉大な錯迷、ラ・マンチャの紳士、ドン・キホーテまがい、参上！……（前口上の景気のよい文章は、眉にツバをぬってから、後続を読まれよ）。

空港からの途中、牧場やらガソリン・スタンドやらに立寄って道をたずねたずね、深南部のうるんで壮烈な夕方、ハイウェイからそれて一つの松林のなかの凸凹道をよろよろガタガタと入っていくと、いい広場があって、そこに一軒の古びたロッジがあった。屋根も壁も古びて風雨にさらされた気配があり、一見して好ましかった。西部劇風のポンとはねるドアをおして入ると、内部は釣竿、ルアー、帽子、キャンデーの広口瓶（埃だらけ）、タバコ販売機（半ばこわれてる）、剝製のカモ（虫食いだらけ）、ごたごたと精悍にひしめきあう帳場に一人の壮年の、たくましい、日焼けした、ちょっとウォルター・マッソーに似た眼つきの男が、毛むくじゃらの腕を台においてニコニコ微笑しながら、挨拶も何もヌキで、ゆっくりした口調で、〝宣言一つ〟といった文体でつぎのようにいった。

「ようこそ、レイク・セミノールに。ここはごらんのとおりだ。ここはハワード・ジョンソンでもないし、ホリデイ・インでもない。ヒルトン・ホテルでもないし、シェラトン・ホテルでもない。してあげられるのはあなた方の魚釣りの面倒を見ることだけです。ボート、ガイド、ルアー、餌、水、それは全部まかしといてほしい。だけど、それだけだ。ほかは何もしてあげられない。それでよろしいか？」

眼にも、頰にも、肩さきにも自信満々の気配。野郎、気に入ったか。入らねえのなら泊ってくれなくてもいいゼ。無理することはねえやナ。そんな調子の、粗っぽいが暖い、むきだし素朴そのものといった口調である。

「寝るのと食うのは、どうなる?」

そうたずねると、巨漢は胸をそらし、

「完全に南部風だ」

といった。

アンクル・バスのホーマー・サークルにあんたのことを聞いて来たんだ。あんたはたいしたバス師だとも聞いた。ここに写真がある。そういって私はバス釣雑誌の一冊をとりだし、眼前の人物がボートのなかで一〇ポンド級の大物を網に入れ、それを片手で支えて顔を微笑と苦痛でゆがめている写真を指でつついてみせた。これは偶然のことだが東京で入手した雑誌なのだ。かねがねその写真と名前を深夜に眺めつづけてきたので、まさかその本人と出会えようとはユメにも思ったことがなかったのにここではからずも眼前にする。ただし、眼前の人物には写真にない肥厚、眼の下のたるみ、眼尻の皺がめだつ。

「この写真のほうがちょっと若いな」

そういってたくましい、ゴツゴツの肩をつつくと、ジャック・ウィンゲート氏は、たちまち破顔一笑、とろとろにとろけ、気遠いまなざしになって、

「七年前、いや、十年前だ」

と呟やいた。

私は写真をつきながら、パウエル湖でフィンレイの息子を脅迫したのとおなじ文体でジャックを脅迫することにした。

「この写真を見て私たちはここに来たんだ。ぜひともフロリダ・バスのトロフィー・サイズを釣りたい。シェラトン・ホテルに泊りたくてここに来たのではない。あんたには責任がある。重大な責任がある」

ジャック・ウィンゲート氏は写真にとらわれて半ば恍惚となり、私の言葉が耳に入ったのか入らないのか、よくわかりかねるが、何か口のなかでブツブツいった。その青い眼に何やらちょっとはにかんだような暗影があったと見たが、私個人のひが眼だろうか。

ちょっと離れた松林のなかに何軒かのロッジが長屋で建てられてあり、そこへ案内されて、ここで寝るんだといわれたが、いささかやぶれかぶれの素朴むきだしとはいえ、ベッドも洗面所もトイレもシャワーもついているハウスなので、私としてはいうことなかった。そこでシャワーを浴びたり、顔を洗ったりして、ロッジにいくと、食堂に案内された。さきの帳場から食堂へいく短い距離のところに鳥籠が一つおいてあり、活潑な九官鳥が一羽いて、はなはだ御機嫌がよいらしく、甲《か》ン高い声で正確に『クワイ河マーチ』の一節を歌いあげた。おどろいて笑ってたちどまると、つぎに

『レッド・リヴァー・ヴァレー・ソング』の一節を高く歌いあげた。この歌はアラスカでヌシャガク河をラバー・ラフト（ゴム製の筏《いかだ》）で河下りをしているあいだ、どういうものか、しじゅう私の耳に鳴りひびき、口笛にもなって洩れた歌であったから、爽涼、澄明の北の荒野の河で聞いたのを、ぬめぬめジトジトした深南部のこんなところでふいに聞かされると、感銘があった。まるで私とその長旅のことを鳥が知りぬいているかのような、思わず二歩、三歩たちどまりたくなるような感銘があった。

テーブルも椅子も丈夫一式。頑強そのもの。傷だらけだが温厚、強健な樫材。高くない天井の梁材もまた剛健そのものの樫の古材。そこに一〇ポンド級とおぼしいブラック・バスの大口をあけたトロフィーが四つ、いずれも歳月とタバコの煙で、いい蜂蜜色に染まって古色のでたのが、かかっている。いずれもジャックがここの湖で釣ったものであるらしい。キング・サーモンで一〇ポンドといわれてもおどろかないけれど、バスでこの体重になると、肩が厚く、腹がドップリとつきだし、〝ミスター・ビッグ〟と呼ばれるにふさわしい、みごとな風格である。クワッといっぱいにひらいたその大口はたしかにバケツなみである。これではたいていの魚はもちろん、ネズミだろうと、カモの子だろうと、ブル・フロッグ（食用蛙）だろうとうわさどおりに一呑みであろう。私と、ビンと、ミズー、三人それぞれ、口ぐちにそれらを恍惚と眺めて嘆賞しあい、こんなのが釣れたらなァとか、イヤ釣れますとか、すげえなどと、呻めいた。

ジャック・ウィンゲート氏の〝完全に南部風だ〟という宣言はメニュにある。他の地域ではあまりお目にかかれない料理がある。たとえばグリッツであり、たとえばナマズのフライである。グリッツというのは純白のトウモロコシの精製粉で、これを茹でたのを添えものとしてゴッテリと、どんな皿にものせる。ただトウモロコシ粉を茹でただけで何の味もなく、ちょっとザラザラした重湯かオートミールといったところである。それから、ビフテキやフライド・チキンはどこでもおなじ型どおりだが、南部特産料理はチャンネル・キャットというナマズのフライで、皿いっぱいにドカドカと盛りあげて出す。頭を落し、ヒレをとり、皮をすっぽりと剝《は》いだのを、三枚におろしたり、切身にしたりして、粉をまぶして、油で揚げるのである。これはしっかりした、淡白で上品な白身で、なかなかイケる。この皿にもさきのグリッツがゴッテリついて出る。

メニュを見ると、卵のことを egg といわないで agg、of のことを uf などと書いてある。ビンの話では南部訛りだろうとのことである。頭が痛い。カナダでマスキー釣りをしたときにポート・セヴァーンのロッジで、南部出身のアメリカ人の老夫婦といっしょになったことがあったけれど、水飴のようにとろとろグニャグニャした、まったく関節のない英語で、さっぱり聞きとれなくて閉口した。四日間、顔をつきあわせて、のべつニコニコと話しかけられ、聞きとれた言葉といえば〝Eat less, live long（少く食べて永生きしろ）〟という格言がたった一つというありさまであった。南部言葉はアメリカ人にもわからないそうですよといってビンが慰めてくれたけれど、これでも英語かと思うと茫然となる。青森や鹿児島の言葉が日本語と思えないほど変幻するのとおなじで、わからないのが当然とわかっても、グッタリ疲れる。

翌日から苦業である。

朝早くロッジからぬけだし、暗くて爽やかな松林をぬけて母屋へいく。奥さんが病気で寝こんでいるので、ジャックが広いキッチンで、パンを焼いたり、目玉焼を作ったりの、大忙しである。そこで私たちも勝手にキッチンに入りこんで、コーヒーを入れたり、目玉焼を手伝ったり、オーナー（経営者）ともゲスト（客）ともつかなくなる。腹がふくらんで温かくなると、ガイドの一人といっしょになって湖へ出ていく。ガイドは三人いて、ルイスじいさん、ジェリーおっさん、マーティー青年の三人。この三人が一人ずつ毎日入替って私たちを生徒のように湖へつれていき、めいめいの威信、経験、プロ根性にかけてトロフィー・サイズを釣らせようと、腐心、砕心する。それぞれに性格も気質も異なるけれど、自身の腕にたいする満々の自信、それと、天候や温度や水についての寡黙な謙虚という一点ではみんな一致している。三人とも選りぬきの〝プロ〟である。この人たちに釣れないときは誰にも釣れないのである。そして、一日かかって酷熱の白暑のさなかをあちらこちらさまよい歩いたあげく一匹も釣れなかったとしても、この人たちはくどくど弁解しない。苦汁をことごとく自分で呑みこみ、まことに申訳ないと詫びたがっているらしい気配はありありと感じられるけれど、一言も洩らさないのである。この剛健で温かい潔癖の気配はまことに爽快であり、私をくつろがせ、しみじみと愉しませてくれる。古風にいうと、プロは人事を尽して天命にゆだねる捨棄をわきまえているし、アマはこの一点の以下でしつこく悪あがきする。

ルイスじいさんはよれよれの老齢だがつねに長身の背骨を正しくたて、丸い、小さな、青い眼に老獪と童心をこもごもただよわせ、浅場、深場、藻のあるところ、流れのあるところ、あらゆる場所へつぎつぎと精力的に移動し、一つ一つの穴場ではしつっこく手を替え品を替えして攻めたてる。御老齢のせいだろうか、しばしば雲古や御叱呼をなさるが、口癖があって、おれはやりたいときにはやるんだと、いうのである。たかが一条の御叱呼ぐらいにと思いたいのだが、じいさんはそのたびにひどく威厳をこめてボートのなかでたちあがり、後向きになって、ドウドウじゃばじゃば、どんなお道具を持ってらっしゃるのか、すごい水音をたててなさる。一日かかって一匹も釣れずにロッジへもどってくると、私をキッチンの裏の物置小屋につれこみ、タマネギやジャガイモの南京袋がムラムラ体臭をたてているなかで、ひょいと手品のように『カナディアン・ミスト』というウイスキーの瓶をとりだして、きっちり二杯呑ませてくれる。ジャックは酒類販売のライセンスを持っていないから、ピリッとしたのをやりたくなったらこうやって妙な場所でコソコソやらなければいけないのである。やりたいときにはおれはやるんだ。一日二杯ときめてあるんだ。さァ、やってくれ。じいさんは薄暗くてムンムンする物置のなかでまるで『独立宣言』でも読みあげるような、ものものしい口調でそんなことをいい、いきいきと笑って私に二杯だけ飲ませてくれるのだった。三杯めを要求すると、しぶしぶついでくれるが、そのあと瓶もじいさんもいつのまにかコソコソ姿を消してしまう不思議があった。

二日めに指導を仰いだのはジェリーだった。この人もガイドだが、中年の年頃で、全体にドップリと太り、太鼓腹の上でたのしそうにむっくり太った両手を組みあわせて日光のなかでウトウト眼を閉じる癖がある。ジェリーは寡黙で、あまり口をきいたがらず、こちらのたずねたことに最低限必要なことだけを、しかしその限度内では豊饒に語るという方針を持っているらしく思われた。キャスティングの技巧にかけてはルイスじいさんよりはるかに精妙でもあり力動的でもあったが、今日はダメだとなると、捨棄はじいさんよりはるかに速く、はるかにアッサリしていた。まだイヴニング・ダスク（夕暮れ）のまずめの稼ぎ時がのこっているはずなのに午後の四時頃にさっさと店仕舞いしてしまう。優しくてノビノビしていて、何とか客に釣らせようとめざしてはいるものの、頑強に自身の決断を保持しつづけるのである。オタワのリドォ川で洗濯屋のジムにたずねたのとおなじ質問をしてみる。つまり、釣師はめいめいのジンクスを持っているものだが、バス釣りについてのあなたのトップ・シークレットは何だろうかとたずねてみたのである。ジム・マクローリンはおなじ質問にたいして、マスキー釣りについては、確信だと、熟慮のあげく返答したが、ジェリーは、しばらく考えてから、つぎのように答えた。

「ある人は、バスは浅場に住む魚だという。ある人は、バスは深場に住む魚だという。しかし、オレの見るところでは、バスは浅場も好きだし、深場も好きなんだな。オレはビフテキが好きだ、しかし、あんたはチキンが好きだ。そんなもんなんだ。魚もインディヴィデュアル（個人的）なんだ。カテゴリーで考えちゃいけないのさ。固定観念で魚を判断するな、ということだよ」

それだけを流暢に述べたあと、ジェリーはだまってリトル・ジョージ（ちびのジョージ）というルアーを投げ、湖底に沈むのを待って、こきざみに竿さきをしゃくってボトム・バンピングをやりはじめた。

ルイスじいさんもジェリーおっさんもすばらしいボートを持っている。がっしりとした広い平底で、安定のいい、内部に粗織りのカーペットを敷きつめた、ほれぼれするようなバス・ボートである。さすが〃プロ〃である。銭惜しみをしていないなと思わせられる。これには足踏み式の小型の電動スクリューがついていて、たったまま足でペダルを踏みさえすれば前後左右にどの方向へでもハチの羽音ぐらいの物音で穴場へこっそり猫足でしのびよることができるのである。また、ローランス社製の魚探もついていて、これを使うとチカチカ輝やく赤い閃光で湖底も魚影も一発で知ることができる。魚が一匹きりのときには小さな赤点、何匹もが集群でいるときには幅の広い、太い赤点が景気よく明滅してくれるのである。これはどこでも、これまでに、湖、川、海いたるところで見せられた装置で、まことに心強いのだが、実際には〃念のため〃程度にしか使われない。あるにこしたことはないけれど、さりとて、たよりきるわけにもいかないといったところである。というのは、魚がどこにどれぐらいいるとわかったところで、その魚に食い気があるかないかということまではわからないからである。ときには、こんなに魚がいるのに一匹も食いついてくれないじゃないかとイライラする場合があるし、そういうことはしじゅうなのである。こうなると伝統としての諦めのほかに、知らなくてもいいことを知った〃知恵の悲しみ〃まで底入れされて、悲愁、焦躁、いよいよ深まる。

北では夕焼けはいつまでも続いて、淡麗で、爽やかである。南での夕焼けは短くて、うるんで、ねっとりと靄がかかり、したがって光の乱舞は壮烈と悲愴をきわめ、声なき大叫喚となる。毎日毎日、ローマの炎上のような、平安京の崩壊のような、また、ベルリンの瓦壊のような夕焼けを背にして、私は、一匹の魚も釣ることができないで舟付場にもどる。プラグ、スピナー、スピナー・ベイト、プラスチック・ワーム、水の表層、中層、底部、また、浅場、流れ、旧川底、旧川原、立枯木、藻場、小島の岬、ありとあらゆる場所を、ありとあらゆる手法とルアーで攻めたてたのだが、おびただしい汗と、妄想と、誠実と、創意のそのあげく、入手できたのは日焼けと疲労だけである。ローランス社の小さな、精妙な機械が教えてくれたところでは、このセミノール湖は魚でいっぱいである。いたるところに魚はいる。ワクワクするほど魚がいるのだ。しかし、一匹も食いついてくれないのだ。ルイスじいさんにも、ジェリーおっさんにも、ケン・カイコーにも、公平に、徹底的に食いついてくれず、朝から晩まで、魚はひたすら居眠りにふけるか、ぼんやりしているかである。

ジャック・ウィンゲート氏は悲報を聞いてうなだれる。申訳なさそうに私をチラと見て目をそむける。ときには何も聞かず、何も知らなかった風をよそおって、のろのろと消えることもあり、ソソクサと消えることもある。物置でルイスじいさんと私が二杯こっきりをタマネギの匂いをサカナにしてチビチビやっているのをチラと微笑して覗いたきり、素速く消えてしまうこともある。

「夏が暑すぎた。この夏は暑すぎたんだよ。それが今でもつづいている。バスは食欲ね。ジャクソン湖も、セント・ジョン河も、みんなおなじだというんだよ」

ジャックはうなだれて低い声でブップツ呟やき、大箱にいっぱいの記念写真をとりだす。ここへ来た客が大物を釣るか、ドカ釣りをするかした写真で、どれもこれも微笑と、白い歯と、魚にあふれかえっている。日付を見れば遠過去のもあり、大過去のもあり、近過去のもある。ないのは現在だけである。夕飯を食べて松林をぬけてロッジにもどり、凸凹のベッドにひっくりかえって、にがい反省をちびちびと舐める。ニューヨークからフロリダのどこかにいるホーマー・サークル氏に電話したとき、いろいろと氏は力強く、うれしいアドバイスをして、ジャック・ウィンゲートのロッジとセミノール湖を推薦してくれたのだが、電話の切れぎわに、小さな声で、今は季節がよくないということを呟やいた。その小さな呟きが、今、戸外いっぱいの松林をみたす闇に膨張して、みちみちているのだ。刺身のツマくらいにしか聞かなかったその一言が、命とりの一撃だったのだ。あの一言こそは刺身のツマではなくて、辛辣眼をつらぬくワサビだったのだ。しばしば事態の本質は中心よりも末端に示現するのである。人の言葉を聞くときは、さりげなく、何気ない、別れぎわの一言半句にこそ耳をたてなければならないのである。インタヴューの天才で、〝内幕物〟の大才であったジョン・ガンサーもおなじことをいってたと、今、ヘトヘトになって思いだすのである。

諸君、よくよく耳をほじって人と別れられよ。ユメ、油断召さるな。

ジャックの古びた母屋は軒が張りだしていて、いい日陰をつくっているが、そこにいつも一人のオバサンがいる。洗いざらしのスポーツ・シャツにGパン、靴はジョギング・シューズで、全体としては若作りだが、顔は皺と苦汁にまみれ、もうすっかり、オバハンからオ婆ンにさしかかった風貌である。生という苦闘に漂白されたあまりか、よくよく見ればアングロ・サクソン系の白人とわかるけれど、一瞥では同年配の日本人のオ婆ンとまちがいそうである。このオバサンはいつも軒下でヨチヨチ歩きの男の子に乳瓶を含ませたり、抱っこしたり、そうでなければ、何やら釣糸をいじっている。話すともなく話しあってみると、オバサンは三十九歳で、五人の子持ちだというのだ。子供は五人いて、長女はすでに結婚して子供をつくったという。つまりオバサンは現在、三十九歳だが、すでにオバアサンであるというのである。つまらない男と結婚して、その男がNATO軍に属していたので、ドイツへ行き、四年間、西ドイツのあちらこちらで暮したことがあるが、結局はうまくいかなくて離婚したとのことである。子供は全部自分がひきとって養育している。収入はこの湖からしぼりとる。チャンネル・キャットというナマズを延縄《はえなわ》でとり、それをジャックのキッチンや客に売ったりして暮しているんだという。その釣道具を見せてもらうと、二〇〇メートルの一本の道糸に約一〇〇本の枝鉤《えだばり》をつけたもので、これを方形の浅い木箱に巻きつけ、一本一本の枝鉤がふちにきれいに刺しこんである。夜になるとボートで湖に漕ぎだし、枝鉤の一つ一つに生餌《いきえ》を刺して湖底に仕掛ける。餌は赤いミミズ、黒いミミズ、蛆虫、チーズなどである。

「……この仕事のいいところったら、たった一つ、税金がかからないってことなの。工場で働らいてもおなじくらいの収入はあるけれど、税金をとられるからね。グッと少くなるわよ。でもネ、近頃みんながこのことに気がついて、やたらにナマズをとりはじめたの。だから、この湖もナマズが小さくなったし、少くなったわね」

オバサンは少し恨みっぽい、ねっとりした口調で悲運を語るのだが、トウモロコシ色のパサパサの束髪の髪が風に乱れ、アジアの農婦にそっくりのその疲弊しきった顔には希望だの、絶望だのとレッテルを貼れるようないろは何ひとつとして浮んでいない。

客が来てナマズをくれというと、オバサンは乳呑児をベンチにおいて舟付場へいって仕事にかかる。一枚の板に釘がうちつけてあり、そこへ二〇センチくらいのナマズの下顎を刺す。つぎにナマズの首のまわりに古ナイフで素速く切目を入れ、ペンチで皮をメリメリと剝ぐ。ナマズの体には鱗がなくて、いわば一枚皮で蔽われているだけであるから、シャツをぬがすみたいに簡単であっけない。それを何匹か新聞紙にぞんざいにくるんで、ハイといって客にわたすのである。もしくはジャックのキッチンで働く黒人のコックにわたすのである。三十九歳。五人の子供。すでに一人の孫。それでいて末ッ子はヨチヨチ歩きの乳呑児である。これがまたなかなかの凸坊で、活性反応にみたされ、いつ見ても泥まみれである。草むらを犬ところげまわったり、ヨチヨチと穴だらけの桟橋を歩きまわったり、しゃくれた鼻に舌のさきをくっつけようと苦闘したりしている。この凸坊がどこかでちょっと甲ン高い声をあげると、たちまち、オバサンが、影より素速くとんできて抱えあげるのである。もし山本周五郎が生きていたら、一も二もなくここへつれてきて、このオバサンの一代記を聞かせてやりたい。そしてその一篇を収容した短篇集の題は、『めりけん婦道記』とつけたいが、いかがであろうか?……

某日、もう十三年も使っている釣用のズボンのおしりがメリメリと裂けたので、オバサンにたのんで裂けめの二倍のパッチ（ツギ）をあててもらうことにした。オバサンはニコニコ笑ってひきうけ、翌日、丹念に刺子縫いをしたのを持ってきてくれた。そこで、感謝して、一枚の紙幣をわたしたら、オバサンは苦しそうな顔をして、お釣がありませんと、いう。いいじゃないの。ベイビーのミルク代にとっときなさいと、はじめから考えてあった答を申上げると、オバサンは微笑し、やっと楽な顔になって消えていった。

九州の、別府の、高崎山にある水族館は、さまざまな創意と工夫にみちた水族館で、その点、規模はともかくとして、質の高さでは世界一ではあるまいかと、ひそかに考える。その、創意の水槽の一つに、とりわけ破天荒、横紙破り、あっぱれなのは、淡水と海水を五〇パーセントずつまぜたなかにマダイとニシキゴイをいっしょに泳がせているのがあった。純粋に海にしか棲《す》まないマダイと純粋に川にしか棲まないコイが汽水で悠々と泳いでいる光景であって、これを一瞥したときには小生思わず呻めいたね。

淡水と海水、つまり川と海をいったりきたりする魚類としてもっとも有名なのはサルモニド、サケ科目、つまりサケ、マス、イワナのたくさんの一族である。しかし、ほかにもおなじ暮しかたをする魚はたくさんいるのであって、北米大陸にはとりわけ多いが、チョウザメ、ストライプト・バス、スヌーク、ターポンなど。これらは淡水と海水のまじりあう河口の汽水域よりははるかに上流の、純粋の淡水へ悠々とのぼっていく。その逆にふつうどんよりした沼や川の住人とだけ見られているナマズで海に棲むのがいるし、それも沿岸や河口だけではなくてかなり沖にまで出張して塩っぱいなかで暮している。また、海からあがって純粋に淡水に棲みつくようになったのもいる。海にもその一族がおり、海からはるかに遠い川にも一族がいて、それぞれに棲みわけているという連中である。

バーボットというのは純粋に淡水棲のタラである。シャッドは純粋に淡水棲のニシンである。パーチもまた純粋に淡水棲のスズキである。アマゾン河へいってみるとこれがさらにクラクラするほど多種多彩になり、サメやエイからカレイ、フグまでが純淡水棲として棲んでいるのである。このセミノール湖にもその例を見ることはできるのであって、サヨリにそっくりのや、カマスにそっくりのがスイスイと淡水の藻のジャングルの上空を泳ぎまわっているのが見られるし、夕方になると、マレットといって、これは淡水産のボラらしいのだが、燦爛たる夕陽のなかでけたたましい水音をたてて空高く跳躍する。それも、見ていると、きっと、三度、跳躍するのである。思わず眼のさめる光景と水音であるが、それに見とれながら私はあれこれ思いあわせ、一切の生命の根源は海であるという定説を、ちょっと、いきいきと疑うことをはじめる。太初の、劫初《ごうしょ》の、原初の地球に発生した水の一滴は陸地に落ち、それが増大していって陸をとかし、塩分をとかして、海をつくったのではあるまいか。おそろしく永い間、陸には淡水だけか、塩まじりの泥っぽい淡水だけしかないという時代があり、そのときすでにたくさんの生命形態が発生し、魚の原種もモゾモゾうごきはじめていたのではあるまいかという想像である。海なる母をつくる河なる母がさきにあったのではないか。してみると、魚の母型は淡水魚であったのでは……という想像である。

　さて。

　ここフロリダ州は（セミノール湖上でジョージア州とフロリダ州にわかれるが……）、太陽に近くて、暖かい国なので、御老人がたくさん全米各地からお見えになる。ジャックのロッジにも何人か長期滞在して暮しておられる。そのうちの二、三人が朝の九時か十時頃に湖に繰りだし、ボートに椅子をおいて、ゆったりと腰をおろし、竹竿と、浮子《うき》と、生餌で、のんびりと（一見したところでは……）、チャンネルナマズの小さいのを釣っておられる光景がよく眼につく。一切の苦悩と苦闘を放下していまや道具も餌もすべて少年時代に回帰して皺々ヨレヨレをまといつつ日光と微笑をほのぼの愉しんでいらっしゃる画であって、釣れてもよい、釣れなくてもよいという至境のおおらかさがその風貌と姿勢ににじみでている。毎朝、水路ですれちがいざまに瞥見して、いい画だなと、思わせられる。それと、もう一つ。ここへ来てはじめて私は黒人が釣りをしているのを見た。この国ではたくさんの野外雑誌が発行され、立派なフィッシングの単行本もたくさん出版されているのだが、どういうものか、かつて一度もといってよいくらい黒人が釣りをしている写真を見たことがないし、記事を読んだ記憶も、あまりないのである。ところがニューヨークでは黒人がポーギー釣りに目がなくて海へよく出ていき、釣れないときには日本人釣師のボートに寄ってきて愛想よく笑いながら獲物を売ってくれやと相談を持ちかけるのだという話を森義則氏から聞かされ、珍しいことのように聞いたおぼえがある。

しかし、ここでは午後の四時頃になると、川のほとりへどこからともなく黒人のオカミサンや娘さんたちが竹竿とバケツをさげてやってきて、ペチャクチャ喋りつつ、魚釣りをはじめるのである。いずれも晩メシのオカズとしてナマズを狙っていらっしゃるのではあるまいかと思うが、グラス竿でもなければリールでもなく、ルアーでもなく、あの熟年老人たちとおなじように竹竿とオモリと浮子、そして餌はミミズである。もしくは羽根と足をちぎったゴキブリである。彼女たちは釣りに熱心であってそれ相応に注意深くあるようにも見かけられるが、オシャベリもおなじ程度に大好きなので、それではおなかがやぶけるほどのオカズを獲得することはとても無理ではあるまいかと、愚察される。こういう光景を毎日眺め、また、軒下の三十九歳のナマズ・オバサンのひっそりとしぶとい苦闘の姿態を毎日眺めていたら、どうやらナマズは南部の伝統の家常菜であり、〝母の味〟でもあるらしいなと、のみこめてくる。

すでに書いたようにジャック・ウィンゲートはロッジの経営者だが、同時になかなかのバッサー（バス釣師）で、トロフィー級を何匹となくあげているが、フロリダだけでは満足できなくて南米のベネズエラのオリノコ河へピーコック・バス（スペイン語で〝パヴォン〟、インディオ語で〝ツクナレ〟という）を釣りに遠征に出かけたりもするのである。彼は家業のひまを見つけて、ある日、午後から夜まで、セミノール湖をあちらこちらとまわって、ボートを操作したり、キャスティングを教えてくれたりした。彼は先祖代々の土地ッ子だからダムになる以前からこのあたりの川と地形を知りぬいている。何もない湖のまんなかでボートをとめ、ここはフリント川の川筋だったところだから正面へ投げて底までルアーを沈ませてから一直線にゆっくりひいてごらんなさい、そうすると川底から岸へのドロップ・オフ（かけあがり）を舐めることになるんだなと、指示が精妙そのものである。彼のキャスティングの腕も大したものので、ギッシリと繁茂した藻のジャングルの上をただの一度も藻にひっかけないでトップ・ウォーター・プラグを走らせるテクニックなど、見ていて惚れぼれするくらいのものだった。

しかし、半日いっぱいフルに費消し、日が暮れてまッ暗になるまでやってみたのだが、誰にも、一匹も釣れなかった。ジャックは申訳ないといってうなだれ、何度となく、水が温かすぎるのだ、この湖にはバスはいっぱいいるんだけど今は食欲がない、つぎにくるときは春、五月、六月の産卵期に来てくださいと、繰りかえした。天候には勝てませんよ、ナポレオンだってモスコーの冬には負けた、私はシケには慣れてるんです、気にすることありませんと、私はいつもの慣用句を口にして彼を慰め、ついでに、アハハハと、寛大に悠々と笑ってみせる。しかし、その笑声には力が入らず、水につかった藁みたいにぐんにゃりしたところがあって、黄昏《たそがれ》の湖にさざ波もたてず吸いこまれてしまう。

最後に登場したのはマーティーという青年である。これは小柄だけれど、ずんぐりムックリと太っていて、腹はすでに太鼓になってとびだしている。よく喋り、よく笑い、しじゅうセカセカうごきまわり、元気いっぱいで、ジッとしていられない。シカゴで建築会社に勤めていたんだが、都市生活と会社の方針に愛想がつきてここまで逃げてきたんだとのことである。彼はジャックにいわれて私たちをダムの下のアパラチコラ川へつれていき、そこでウナギを餌にしてサンシャイン・バスという魚を釣ることにきめた。ジャックが手短に講義してくれたところによると、このサンシャイン・バス、一名を〝ハイブリッド（混血）〟とも呼ぶ魚はフロリダ特産の新種である。フロリダ州の魚類保護委員会が増えすぎた雑魚を間引きするためと釣師をたのしませるために牝のストライプト・バスと牡のホワイト・バスをかけあわせて一九七二年に創りあげた新品種だという。面白いのは委員会が誰にもだまってこっそりとこの魚をフロリダ州のあちらこちらの川や湖に放流したところ、そのうち釣師たちが見慣れない魚が釣れるといって騒ぎだし、そこではじめて存在が知られたという挿話がある。いまでは南部諸州のたいていの淡水に棲みつくようになり、セミノール湖には一九七四年に放流された。

そういう新顔なので、まだ全国的に知られていず、野外雑誌や本にもこの魚を紹介していないのが多いようである。ジャックのロッジにあるフィッシュ・マウント（剥製）を見ると、体型の全体はいささかずんぐりしたストライプト・バスといったところで、美しく、かつ、力持ちであるように見える。青と白銀の美しい体側にストライパーの特徴である黒の横縞が何本も走っており、ただしストライパーと異ってそれが切取線のように規則正しく切れ切れになっている。腹がポット（壺）になってドップリとつきだしてくるのは父のホワイト・バスの血のせいであろう。テネシー州では放流してから七年めか八年めに一八ポンド（八・二キロ）になったのがいたそうであるから、かなり大きく育つのだろうが、セミノール湖ではまだ過程であって、どれくらいがトロフィー物になるかは、今後の問題である。竿はライト級からミディアム級。糸は八ポンドから一五ポンド（いつものように細いほど愉しめる）。ルアーはジグならソルティー・ドッグ、バルサ製のバンゴ、小型の腰をよくふるスプーン、ヘドンのソニック、ダブル・スピナーのサブ・マリーン・シャッドなど。色は銀と黄がよろしい。穴場としてはこれまでにわかっているところでは岸にぴったりよりは少し沖のあたりの砂州、穴、障害物の前後がいいのだそうである。いい時間帯はやっぱり朝早くと午後遅く、夕方近く。

「……しかし、こいつはアテにならない。鉤にかかるとすばらしくスクラッピー（よくあばれる）なんで、みんな夢中になる。けれど性質にヒステリー女みたいなところがある。わからないのだよ。水が高いか低いか、濁ってるか澄んでるか。ちょっとしたことでたちまち機嫌が変わっちまう。たいていの魚はそうだけどね。読めないんだ。とりわけこのハイブリッドは読めない。さっぱりわからないんですよ」

「予言できない《アンプレディクタブル》？」

「まったく予言できない」

「気むずかしい《フィニッキー》？」

「まったく気むずかしい」

「困ったな」

「だけどエンジョイできますよ」

眼と鼻をくしゃくしゃにしてジャックは罵りつつ讃美した。そして私をマーティーにわたし、グッド・ラックといって握手した。

翌朝、まだ暗い時刻にマーティーは新鮮そのものの精力を全身につめこんでセカセカと肩をゆすぶりつつ登場し、セカセカとトーストを掻っ食らい、セカセカと自動車に乗りこんだ。ハイウェイのタバコ屋で小さなウナギを二ダースほどバケツに買いこみ、ダム・サイトに私をつれていき、右手で金網のフェンスにしがみついて左手で竿をふれとむつかしいことをいった。午前中いっぱいかかってマーティーは中型のストライプト・バスを二匹釣り、午後はボートを川のまんなかに乗りだし、ブイにボートをしばりつけて一戦を試みた。この午後の白熱の、唸りをたてるようなギラギラ照りの暑熱のさなかで私は子ウナギを餌にしてサンシャイン・バスの中型を二匹釣ることができた。川のまんなかの流心のさなかでこの魚はモグモグとウナギを呑みこみにかかるので、一呼吸おいてからのけぞるように、竿を抱きこんで、大合わせに合わせるのがコツであるとわかった。右に左に突進して、この魚は頑強に、鋭敏によくたたかう。ジャックのいうとおり、とてもスクラッピーである。日光と、雲と、川の乱反射のさなかで大きな声をたてて笑うことができた。連日ぶっつづけの惨敗また惨敗にちょっと一点入れることができ、私自身にも底を入れることができた。汗みどろの辛勝であった。

ツルツルひょろひょろと逃げる子ウナギの口に鉤を刺すにはトイレット・ペーパーでウナギをおさえるのがもっとも簡単で的確な方法であることをマーティーに教えられた。ところがマーティーはそれをやるのに両手をブルブルさせて、ひどくむつかしがっている。竿をにぎるとブルブルはとまるらしいのにウナギのとき、また、糸を鉤に結ぶとき、彼はマラリア患者のようにふるえるのである。そこで私は彼のセカセカ癖から見て性急と好色の、よく釣師にありがちの伝統の心性のせいであろうかと思い、そんなにイライラしなくてもいいんじゃないか、手がふるえてるじゃないかと、声をかけた。するとマーティーはブルブルふるえつつ、低い声で、ヴェトナムだ、といった。海兵隊員としてヴェトナムへいって沿岸地帯をパトロールする武装監視艇に乗っているときに破砕弾をうけ、全身を破片でやられたが、その一片が脊髄のすぐ近くに食いこみ、破片は摘出してもらったけれど、それ以来、手がふるえるようになったのだと、いうのだった。だけど、竿をにぎるとか、何か、固い物をしっかり握るときには正常で、ふるえもしないし、何ともないんだ。固い物からはなれたときだけふるえるんだ。マーティーはそういって、いきなりポロ・シャツをめくりあげ、若くて毛むくじゃらの太鼓腹を見せ、つぎにソバカスだらけでむっちり脂ののった背を見せたが、背骨のよこに大きな、白い傷があった。もとの太鼓腹を見せて、ここをさわってみろという一点をさわってみると、分厚い肉のなかでコリコリする小さな物がある。破砕弾の一片だというのだ。どうして摘出しないんだとたずねると、ドク（お医者）が、これは肉のなかにあるだけなんだからどうッてことない。いつでもその気になったときにとればよろしいといったというのだった。

「真珠ができるね」

「そうかもしれない」

マーティーは苦《にが》くはにかんだ顔《ダム》でポロ・シャツをおろした。そして、小さな声で、おれは十七歳だった、馬鹿だったんだ、と呟やいた。

Ⅳ　つぎの大物

河の牙

十年か十五年の一昔前にニューヨークには『フェイヴァリット』と名のる熱帯魚店があって、この店の生きてる熱帯魚のコレクションは世界一だと聞かされ、何となく、そうだろうなぐらいに感じさせられた。私はネコが好きで、どんな貧乏暮しのどん底でも飼うことをやめたことがなかったけれど、近年愛猫の一匹が死んで、おかかは落涙、流涕《りゅうてい》、もう生きものを飼うのはやめると宣言した。しかし、ネコはやめたけれど、駅前にイトーヨーカ堂が開店セールをしたとき、何かの景品に娘が駄金（魚）を一匹もらってきた。私の手にかかって大きくならなかったものは何もない、私の手は生命を吹きこむのや、アニメーターなんや、おかかはそう宣言してこの駄金に取組み、水槽を買いかえなければならないくらいに大きくした。

かねてから私は熱帯魚を飼ってみたいと思っている。子供のときは魚とりに夢中で毎日をすごし、フナ、カメ、ドジョウ、ナマズ、何でもかたっぱしから金魚鉢やタライに入れて飼っていたものだから、熱帯魚を飼ってみたくてしかたない。しかし、長い旅行に出かけることがしばしばになってからは何となく忘れたり、あきらめたりしていたのだが、近年のわが国の熱帯魚店のコレクションの豊富さ、魚の貴品ぶり（稀《き》品《ひん》ぶりでもあるが……）を見るにつけ、またムクムクと潜熱がでてきそうになる。そして、何でも世界一という近年の民族衝動を表現してか、わが国の熱帯魚の蒐集はとっくにニューヨークを追いこし、『フェイヴァリット』なんかメじゃないよといいかわされていると知るにいたって、すっかり脱帽してしまった。

アマゾン流域にはたくさんの種類のナマズが棲んでいるが、そのなかにスルビン（英名はショヴェル・ノーズ）というバケモノがいる。顔はウマ、口はカバ（牙ぬきの）、模様はジラフというオバケであるが、肉が白身で、よくしまっていて、ねっとりしながらも淡麗な味がし、市場でも料理店でもひっぱりダコの人気者である。ブラジルから帰国してなにげなく熱帯魚雑誌を読んでいると、巻末に全国の同好者の交換情報の頁があり、そこでたくさんの既知、未知の魚にまじってこのオバケがさかんに売買されていると知って、またしても脱帽である。この魚は頭部が平べったくて鋤《すき》のような恰好なので〝ショヴェル・ノーズ〟と呼ばれるのだが、日本のファンのうちではごく気軽に〝シャベル〟と呼び捨てにされ、もう珍しくもナントモないのだ、ずっと以前からそうなんだと聞かされて、ひっそりと、声を呑む。そこであらためて『アクアライフ』という熱帯魚雑誌をとりよせて全頁をしらべてみると、ツクナレも、マタマタも、ナニも、カも、みんな輸入され、飼われ、繁殖させられ、知られていると判明し、またしても声を呑ませられる。ダニとマラリア蚊に苦しめられつつ大汗かいてアマゾンをほっつき歩いていたのがアホみたいに思われはじめ、何となくガッカリしちゃう。松阪実君という人はナマズのコレクターであるが、たくさんの世界中のナマズを飼っているうちに風貌までが何やら影響を反映するようになった。この温厚、篤実な人物と知りあいになり、アマゾンの魚の話をはじめたところ、たちまちネタがつきてしまい、またまたひっそりを声を呑んじゃう。

水槽で熱帯魚を飼っていると、魚はつねにたっぷりと餌をあたえられているので、野生のときのようにガツガツしていない。かのピラーニャですら、おっとりしてくる。それを見てこの魚はおとなしい魚だと信じ、そういう意見を述べたり、書いたりする人に何度も出会ったが、これは連続絞殺の犯人がとらえられて独房に入れられ、退屈しのぎにバイブルを読んでいるところを見て意見を述べるようなものである。すでに私はこの魚についての実見談を書いて本にしているのだけれど、いまだに危険な、安易な記述が後を絶たないように見うけられるので、もう一度くりかえして書いておこうと思う。無辺際といってよいくらい世界の熱帯魚について情報と知識を持っておられるファン群にたいしてはささやかな実見談を一隅でひっそりと呟《つぶ》やくしかないと思われるので、この一隅を借りうけるのである。

野生の状態にあるこの魚についての生態報告はたくさんあるのだが、その若干を読んだだけでも一つの共通点に気がつく。〝気まぐれ〟という一点である。ある地方でこの魚にたいして安全と思われて日々実行され、慣習になっていることをべつの地方でやってみたら猛攻をうけたという報告がじつにしばしばである。しかし、野生ではこの魚は夜をのぞいてはつねにガツガツしている。どういうものか近年アマゾンの全流域でこの魚は異常繁殖しているらしいのだが、そうなると餌の一匹あたりの分け前が少くなるから、いよいよガツガツしてくる。この魚は食べるとうまいので、煮てよし、揚げてよしだが、棲息地域が広大すぎるので、多少、市場や魚屋にいったところでこたえない。人家に近いほどおっとりしてくるとか、大きくて無傷で元気に泳いでいるものは襲わないとかいわれ、そのとおりのことを私もしばしば目撃しているけれど、それが不動の定則であるとは、とてもいいきる気になれない。その歯の鋭さ、顎の力の凄さ、閃光のような素速さ、匂いや波動にたいする反射の速さ、仕事の徹底ぶり、集団攻撃のすさまじさ、そして現地の河はとろんとオシルコみたいな泥水だから、これらすべてのことがかくされてしまって、肉眼の一見では何も見えないし、感知できないという厄介さがある。それからもう一つ。熱帯魚店のきれいな水と蛍光燈の下では色が褪《あ》せてしまうけれど、原産地の泥水のなかからもがきもがき釣られてくるときには、しばしばこの魚は、眼を瞠《みは》りたくなるくらい鮮麗であるということ。

ルアー・フィッシングのファンのために一言しておくと、この魚には、スピンナー、スプーン、プラグ、ジグ、バス・バグ、思いつけるかぎりのすべてがきく。水の上、中、下層、どこを狙ってもとびついてくる。そこで面白くなくなるが、同時にキミはゾッとしなければいけないのでもある。鉤《はり》をはずすときにはよくよく慎重にやらなければならない。もう死んだと思って手をのばしかけると、パクリと喘《あえ》いだりすることがあるが、コイやマスがおなじことをするのと意味がちがうから、よくよく注意しなければならない。プライヤーは必携品である。

この魚の頭ばかりをトーガラシその他の香辛料でくたくたに煮た大鍋をだされたことがあるが、皮も肉もとろけて牙と頭骨ばかりになったのが何十個もひしめいている光景はものすごいものであった。セニョール、これを食べるとこうなりますぜといって、ニタリと笑うといっしょに腕を曲げて力コブのすごいのを見せつけられ、よろこび勇んで食べたのだったが、翌朝、どこにも瑞兆《ずいちょう》が見られず、感じられることもなかった。それはこの魚についてやっと安心してよいたった一つの点であった。

キミなら、どうかしら。

ヒトも魚も……

太平洋のサケにはキング、シルヴァー、レッド、チャム、ピンクの五種がある。毎年六月になると、川によって順番は異なるけれど、いっせいにこれらのサケがアラスカの川にのぼってくる。ごぞんじの〝母川回帰〟であって、それぞれの生まれた川にもどるのだが、数千キロの海を大旅行し、そこには無数の匂いと味がひしめきあっているはずなのに幼年時のゆりかごの匂いを忘れずに保持してちゃんともどってくるのだから、考えるたびに吐息をついて、大したことだと呟くしかないのである。

海にはニシンもいるし、エビもいるが、そしてサケはそれらが青白かろうと赤かろうとおかまいなしに食べてまわるわけだが、サケの肉に美しい赤をつけるのは甲殻類であって、青白いニシンだけを食べて育ったサケは肉が白い。いつかパリのレストランで〝ソーモン・ブラン（白いサケ）〟とメニュにあるのを発見し、不思議に思って注文したことがあるが、正直いって、あまりおいしくなかった。やはりサケはサケらしく赤くあってほしいのである。しかし、これはアジア人としてのお国自慢になるかもしれないが、大西洋のサケよりも太平洋のサケのほうが、味が濃くて、いわゆるコクが深いように思われる。嚙みしめると味に奥深さがあるように感じられるのである。(分類学ではニジマスもサケの一族に入るが、これが川から海に入って魚雷ぐらいの巨大さに成長したスチールヘッド、その肉はあらゆるサケをしのいでナンバー・ワンである。まだ一度しか食べたことがないけれど、ムーッといったきり。高雅、精妙、豊艶《ほうえん》、深遠であった)。

川に入ってきたサケは産卵まで餌をいっさいとろうとしないこともよく知られている。だからユーコン河のように長大な川になると上流の産卵場まで到着しないうち、途中で栄養失調で死んでしまうのもでてくる。おなじキング・サーモンでも、四年で帰ってくるのもあれば六年で帰ってくるのもあり、大きさがさまざまである。それでも腹にギッシリと卵をつめているということでは変りがないから、オンナにたとえていうと、女子高生のニンシンしたのやら年増がかってそうなったのやらがごちゃまぜになって川をおしのぼっていくという光景である。それが七年おきだか八年おきだったか、川という川がサケでギッシリ埋まってしまうという現象が発生し、アラスカではこれを〝ビッグ・ラン〟と呼んでいる。そういう年はさぞや釣師や漁師たちが酒浸りになることであろう。

川にのぼってきたサケを釣るにはルアーかフライによるしかないのだが、断食してるサケがこの種のエテモノに食いつくのは自身の縄張りに侵入してきた異物を攻撃、脅迫したい心理か、それとも好奇心からではないかと臆測《おくそく》されている。荘子の論のとおり、これは魚になってみなければわからないことなので、一生をサケの研究に捧げてきたイギリス人の学者が、毎年川岸を歩きまわって釣師に今年はどんな色のルアーがきくか、どんな色のフライがきくかと聞いてまわりはするけれど、なぜそれがいいのかとなると、一切、論断ができないと書いているのは謙虚である。ここでも、また、生の多くのこととおなじように、How はわかるけれど、Why はわからないのである。

アラスカの六月、七月のサーモン・ランの季節にきくルアーは何種類もあるが、ピクシーの赤、メップスの4番か5番（ブレードの色は赤・白、金、銅、黒など）、この二種を持っていたら、まず、すべての淡水産の肉食魚類が釣れる。二種の神器である。サケ類、マス類、イワナ類、パイク、グレイリング、何でも釣れる。しかし、メップスは全米どこへいってもよく売れているが、ピクシーはアラスカをのぞいてはあまり見かけない。サケのくる川はアラスカのほかにカナダもあり、ＵＳＡではワシントン州その他もあるのにこのルアーを見るのはアラスカだけだ。こいつは奇妙な現象だよと、初老のアメリカ人の釣師が何度も何度もそういって頭をひねっているのを見かけたことがある。アラスカ以外のＵＳＡの州でサケを釣った経験が私にはないので、何度も何度も、いわれるたびに、ただ、へへェとか、ホーとか洩らすしかないのだった。

しかし、ここにも例外がないわけではない。アンカレッジの釣道具屋へいくと、エッグ・クラスターといって、サケの卵の粗塩漬《あらしおづけ》の瓶詰を売っている。一個ずつバラバラにほぐしたのもあるが、塊りの塩漬もある。インディアンの古い伝説によると、川へのぼってきたサケは卵がコロコロと川底をころがってくると保護するためにそっとくわえて安全な場所へ運んでやるのだ、とのことである。それは保護のためであって食うためではないのだとのことである。最近の魚類学者たちの研究では、どうやらこれは科学的にも正確であり、実証されたとのことであるから、インディアンはいい眼といい想像力を持っていたということになる。この母性愛や父性愛のサケの行動に目をつけたのが、またしてもヒトである。断食しているサケをサケの卵で釣ろうと思いつくのである。一度やってみないかと誘われたので、去年、アレクサンダー・クリークでやってみたことがある。

塩漬の筋子《すじこ》の塊りを長軸の鉤《はり》へ縫い刺しで刺し、川へ投げると、サケがやってきてソッとくわえる。保護のためにくわえるのだからそのあたりは巨体にも似ず、あるかなしかの、ホンの、コツンというかすかなものである。ピクシーやメップスに嚙みつくときの電撃的なアタックではない。アタリはかならず二回ある。一回めのアタリでセット（あわせ）してはいけない。手がふるえるのをこらえて二回めを待て。二回めの〝プンッ！〟がきたら、そこで勝負に出る。竿《さお》ごとのけぞってセットするんだ、とガイドに教えられる。たしかに〝コツン〟も〝ブンッ！〟も、微弱ながら竿の穂先に正確につたわってくるのだが、何度やっても鉤がそのたび、ツルリ、ツルリと逃げてしまい、親ザケの精妙な注意力と愛がつねに私の野心と技巧を上回ってしまうのだった。何度となく失敗をかさねていくうちに、私はもともと生餌《いきえ》釣りに反対する立場を持つ主義者の一人であるということもあって、つくづくサケの保護心に感じ入り、脱帽した。しかし、あの対岸のビーヴァーの巣のかげに一匹ひそんでいるということだけはわかったので、ピクシーを投げてみたら、たちまち三〇ポンドが食いついてきた。卵についてのあの精妙とルアーについてのこの粗暴。この絶対矛盾的自己同一に首をひねりながらそのサケの口からプライヤーで鉤をはずして、川へもどしてやる。

おかしなもんですよ。

ヒトも、魚も。

つぎの大物

一年に一度か、二年に一度か、外国へ釣りに出かけるのが、条件反射か中毒症状のようになっている。これはハタで遠目で眺めて羨望《せんぼう》されるほど楽なことではない。魚の習性をよく調べ（しばしば狂ったり、わからなかったりだが……）、その土地土地の気候その他をよく調べ（これまた狂ったり、わからなかったりだが……）、川岸のシャーロック・ホームズになったつもりで出かけるのだが、賢くなったつもりで出かけて自身のバカぶりを見せつけられることのほうがしばしばであると覚悟しておいたほうがよろしい。〝情報〟が完備しているはずの日本の小さな湖や、もっと小さな池へ釣りに出かけてもアテはずれに終ることのほうが多いというさびしさに泣かされた釣師なら、いくらかこのあたりを理解してくださることと思うが、そして若干のホロにがい想像力もうごきだすことと思いたいが、あとの大半、95％ぐらいは、釣師本人がぐっとこらえて泣寝入りして押殺してしまわなければならないようなことばかりである。（……遠まわしに小説家と批評家の関係を指摘してるんじゃないかと曲解してくださってもよろしいが）。

《逃した魚は大きい》というのは古今東西、万国の釣師に共通の心理である。これをいささかくどく分析（？）してみると、大物を釣り落したという事実を報道するのは、現場に見物人がいた場合をのぞくと、まず、釣師本人である。本人はそういうケースにしばしば出会っているし、率直にその場で感じたままを口で報告しても誰も耳を貸してくれないと知りぬいているので、誇小して語るか、誇大して語るかという手法に出る。それがどれだけうけ入れられるかということについては、彼はほとんど何も期待していないはずなのに、やっぱり不定愁訴を抱かずにはいられない欲求不満者である。逃した魚が大きく感じられるのは、みごとに鉤《はり》をはずした魚の狡知《こうち》や英智や古強者《ふるつわもの》ぶりに釣師が惚れこむためであるかと思われる。ソレがヘラブナであろうと、キング・サーモンであろうと、かまわない。敵を讃《たた》えたくて嘆くのである。そのとき知らず識らずに釣師は、アレはオレだったと感じたい心の衝動にウズウズしている。日頃、何者かに追われ、なぶられ、傷つけられ、必死になってよろめきを耐えながら、なおかつ敢然と状況に正面から立向ってみごとにそこをすりぬける気魄《きはく》を見せた魚に自我を転移しているのである。その自我は不定形でもあり無限定でもある。だから、逃げた魚の話は、とめどがなく、途方もなく、そしてしつっこく、また、純粋なのである。そうなっちゃう。なっちゃわずにはいられない。

つまり、逃した魚の大きさを語るのに夢中になっている釣師は、知らず識らずのうちに、魚に託して自身のことを語っているのだと、賢察して頂きたい。思いがけず発見した自身の大きさ、賢さ、古強者ぶり、タフ・ガイぶりを語るのに夢中になっているのだと考えて頂けたらと、思いたい。それが立証のしようがないとくるものだから、よけいに話が膨脹せずにはいられないのである。（このあたり、さっきまでは遠まわしに批評家にたいする不満を語っていたのが、いよいよ、書かれるはずであった傑作と、それを書き損じた自身、それについてのさめやらぬ自惚《うぬぼ》れと、持っていきようのない怨念《おんねん》に触れかけているのだなと曲解してくださってもよろしい）。

　前夜の鉤の研《と》ぎかたにちょっとおろそかさがあったのかもしれない。魚の顎に深く突刺さなかったから逃げられたのだが、アワセが早すぎるか、遅すぎるか、だったのかもしれない。それは糸が弱いということを意識しすぎたために竿《さお》のしゃくりを一瞬手加減したのがいけなかったのだろう。なるだけ弱い糸と弱い竿で大物をあげるというのがプロの腕前の見せどころなんだから、それにこだわりすぎたのがいけなかったのかもしれないな。誰も見ていないはずの穴場を苦心して選りすぐって出かけたのに、誰かに見せたい、見ていてもらいたかったという意識にとらわれていたためにこんなことになったのかもしれないな。小物しかいないと思ってそのつもりで出かけたのに思いがけず大物をひっかけてしまったものだから、それが大物だとわかったときにはもう手遅れだったんだ。してみると、つぎからは、竿の能力をよくよく考えて、寛容度の広い物を選ぶ必要があるな。メダカがかかってもわかるくらい敏感な穂先を持っているのに、キング・サーモンがかかっても耐えぬける背骨を持った竿がほしいな。いったいそんな竿が製造できるのだろうか。どこの会社で作っているのだろうか。これは理想だけれど、すべて理想は地上で実現できないことがわかっているのに、それを知りぬいていながらなおかつ狂奔せずにはいられない何物かなのであるから、メダカ竿でキング・サーモンを釣ろうというのはまさにこれであるけれど、小さな物で大きな物を釣ろうというのは、これこそ古今の芸術家の執念じゃないのか。おれは釣師だが、芸術家でもあるんじゃないの。不可能にあえて挑戦する人種なんじゃないの。

（……このあたり、テーマが大きいのに細部の微妙が描破できなかったために凡作を書いてしまった作家の、深夜の呟やきに似ているな。魚釣りってそんなに創作とそっくりなのか。下手な釣師のたわごとは下手な作家のウヌボレとそっくりになるとは知らなかった。それならつぎからは、誰もいないところへいって小説を読んでみようか。釣師が逃した魚のことを想ってしぶとく他人に泣訴するいっぽうで泣寝入りしかないとキメこんでいるのなら、この作品はこう書くべきであった、ああ書くべきであったというようなことは大声で議論しないで、そっとそのままにしておく。そして、ネクスト・チャンスを待ちつづける。いつかほんとに大物を釣ったときだけ声援を送ってやろう。それがほんとに大物なら自我は完全に転移しきって本人は完全にカラッポになっているはずだから、ひっそりしているはずじゃないか。と、まァ、そんなぐあいに、心の用意をして頂けるなら、非望といってもいいくらいに幸甚)。

では。

ネクスト・チャンスはいつなんだ?

作家はうなだれて口のなかで呟やく。

毒蛇はいそがないもんだ。

編集長もそっぽ向いて呟やく。

聞き飽いたナ、モウ。

母の怒り

これまでに何度かアラスカへいってキング・サーモンを何匹となくキャッチ・アンド・リリースしてやった。15年前にはじめてナクネク河で釣ったのが発端だが、逃してやったサケが卵を生んで、それが幼魚になって、それが河をおりて海へいってと……かぞえていくと、あちらこちらの河で私の直系の子孫のサケが、もう十世代以上、生々流転していることになる。自宅の裏庭にそれらの河が悠々と流れている幻想をまざまざと目視することができる。

レッドやシルヴァーは集団で暮す魚なので、一匹ずつの個体差がわずかである。あまり大小がない。たいてい似たり寄ったりの大きさのが釣れる。しかし、キングだけは、この点、異なる。ひどく大きさが異なるのである。わかりやすく申上げると、薬師丸ひろ子ちゃんみたいなのもいるし、大屋政子女史みたいなのもいるのである。そのお二人のサイズのあいだに無数のサイズがあって、釣れてみるまで見当のつけようがないのである。しかも、河にあがってくるのは産卵のためだから、それら大小さまざまの一匹ずつがメスはみんな卵を持っている。ひろ子ちゃんもニンシンしているが、政子女史もニンシンしているのである。（御想像願えますかナ？……！……）

鉤《はり》にかかったときのこの魚の闘争ぶりはあっぱれの一語に尽きる。一度これを味わうと麻薬をうたれたみたいになる。逸走。突進。川底へすわりこむ。ボートめがけてとびこむ。ときどき全身をぬいてジャンプする。釣師は一瞬ごとの局面の急変にあわせて、ありとあらゆる技術を駆使しなければならない。40ポンド台の魚ならあげるまでに約30分から40分ぐらいかかる。竿を支えたきりの左腕がしびれて指がマヒしてくる。そして、オスよりもメスのほうが、はるかにしぶとく、はるかに精悍にたたかう。オスはあきらめが早いが、メスは屈服することを知らない。最後の最後の一瞬までたたかいつづけ、抵抗しつづける。

これに勝つ方法はたった一つである。休ませるな、の一語である。ちょっとでも休ませると体力を回復してふたたび走りはじめる。しかし、プレッシャーは不可欠だが、かけすぎると、糸が切れるか、竿が折れるかだから、そこを微妙に調整しなければならない。ここがむつかしい。

しかし、これは。

サケ釣りだけの話だろうかネ？……

北海にオヒョウを釣る

ベーリング海のまっただ中に、プリビロフ諸島というのがある。これは五つの小島と露出岩礁から構成されていて、最大の島をセント・ポール島といい、そこから小型飛行機で二〇分ほどのところにセント・ジョージという名の島がある。どの島や岩礁もアリューシャン火山環の活動で浮上したもので、セント・ジョージは四〇〇万年前に島になったとされている。

数年前、私はこの島へハリバットを釣りに出かけた。ハリバットとは、オヒョウのことである。この絶海の孤島の周辺では、六月頃からオヒョウが岸に近づき、六〇メートル、八〇メートルの深さで平均二五キロから三〇キロのが釣れるのだが、私が出かけた三年前には延縄《はえなわ》で四〇〇キロものやつがこの海域で釣れたそうである。魚類学者がかけつけて研究してみたところ、その年齢はおよそ七十五歳から八十歳の間、と判定が下った。

オヒョウはヒラメの一種で、ヒラメの種族はたくさんいるが、オヒョウが最大である。ベッドぐらいあるのを一本の糸を頼りに竿とリールであげようというのだから、だいたい釣師の中でもアホの力持ちのやることと見られてる気味がある。釣師らしい釣師は、アラスカならキングやシルヴァーなど、優雅にして高貴かつ強力なるサケを狙うものであって、オヒョウ釣りなどはいささか左巻きの連中のやることである——ということだ。

そういう噂はかねがね耳にしていたけれども、どういうはずみでか、ある日アンカレッジのホテルでドライ・マティーニを飲みながら、トムというアメリカ人のヤング・ガイと話しているうちに、

「じゃ、一丁、やったるか！」

と声を張りあげてしまったのである。そうしてセント・ジョージへ赴く破目になったのだった……

*

このあたりには、日本列島の太平洋側の沖を走る潮流が長駆してくる。それと、北極からおりてきた寒流とが出会うので、一年中、霧と雨と風である。それも、濃霧、氷雨、強風といいかえた方が適切である。状況に巻きこまれて翻弄《ほんろう》されて何が何だかわからなくなることをさして、〝A Fly In The Milk Bottle〟（牛乳瓶の中のハエ）とい

う慣用語があるけれども、この島の濃霧はそんなものだ。そんな日に沖へ出ると、東西南北、まったくけじめがつかず、しんしんとした冷暗の静寂の中で、自分の手と釣竿の先だけが見えるだけである。そこへ容赦なくびしゃびしゃと氷雨が降り、全身が凍《しび》れてしまい、氷寒地獄の顔が正面からちょっと直視できる――ベーリングやアムンゼンが直面したのにはとても及ばないにしても……

さて――出撃の日がきた。

ボートで勇躍、沖へ進撃するのであるが、このボートというのが島民の暮しの貧しさを直射していて、ただの川ボートなのである。アルミ一枚でつくった川ボートにすぎないのだ。甲板もないし、キャビンもない。芦ノ湖あたりでニジマス釣りにご家族連れでお出でになるときのボートである。それに船外モーターをつけてベーリング海へ乗り出していこうというのだ。夏のベーリング海は冬の疾風、怒濤《どとう》に較《くら》べれば鏡のようなといいたいくらい穏やかな海ではあろうが、ボートが木の葉一枚みたいなものだから、ちょっと風が吹いて波がたちはじめたらたちまち転覆しかねない。おまけに、夏とはいっても海の水は冷めたく、落ちたら三十秒で凍《こご》え死にするほどなのである。命がけといえば命がけの釣りなのだ。

ゴアテックスのレインパーカをひっかけた上に救命衣を着こみ、腰には革製のロッド・ホルダーを巻きつけ、ものものしい恰好である。どんなドえらいことになるかわかったもんじゃないと思うから、アブ社のサーフ・キャスティングの竿にアンバサダー の1000CAのリールをつけ、糸は15号を巻いてある。これだけの重装備でも、暗くて寒い空の下を悠々と速く流れていくベーリング海を眺めていると、何となく心もとなく感じられてくる。

突堤から出て沖らしい沖へ出るまでもなく、すぐそこでボートをとめて船頭は、さあ、やろうといった。しかし、十五分ほどやってみたが、アタリは一つもなかった。船頭は道具をしまいこむとモーターにスイッチを入れ、トルストィ岬という名の岬をめざして川ボートをフッ飛ばし、北海道のノサップ岬あたりにそっくりの断崖《だんがい》、そのちょっと沖にボートをとめた。これまた沖といっても、島の海岸の岩でゴロゴロ昼寝をしているオットセイの顔が見えるくらいの近さである。吠え声もはっきり聞きとれるくらいの近さである。ただし、海底の岩は凹凸がはげしく、ふいに深くなったり、ふいに浅くなったりするのが、アンカレッジで買った〝キャノン・ボール〟（大砲の玉）というオモリのたたきぐあいでよくわかる。だいたい四〇メートルから六〇メートルといったところか。

ジグ・ルアーもいいけれど、アタリはタコの方がはるかにいい。早くハリバットを釣ってみたいのならタコでまずやってごらんなさいと、船頭がいう。

タコは北海道に棲むミズダコとおなじ種類と思われるもので、冷凍してあるのに海水をぶっかけて解凍し、ナイフで短冊型に切り、縫い刺しで鉤へつける。その鉤のハリスを〝三徳〟の一つの環に結びつける。もう一つの環に道糸を結びつける。もう一つの環に大砲玉の捨糸を結びつける。海へ投げる。ドブンッと音たてて大砲玉は一目散に海底めがけて突進する。やがて岩にぶつかる。リールのストッパーをかけ、二、三度巻いて底を切り、両手で竿を抱いて戦闘準備。船頭にして師匠の手つきを見ていると、三、四度大きくしゃくってから小さく一度しゃくるというぐあい。ただし彼のは竿とリールではなくてロープの手釣りである。ゴワゴワの丈夫一式のロープ先に途方もない鉛の大玉。その下にフラッシャーとして赤と白の二色に塗りわけた長方形の金属板がつき、その下にタコを縫い刺しにした大鉤がぶらさがる。これをしゃくって上下させると海中でフラッシャーがくねりつつ閃き、オヒョウの眼をひきつける。オヒョウは何だろうと思って寄ってきてタコの肉を発見し、ガブリと呑みこむ、というわけである。

潮に流されるまま二人ともだまりこくってアタリを聞くことにふける。絶え間なしにコツコツぴりぴりとアタリがあるが、これはカジカである。カジカがタコの肉に食いつくのである。しかしタコの肉はゴムみたいだし、カジカにはナイフのような歯がないし、呑みこむには大きすぎる。しかし、飛びつかずにはいられない。いらいらしながらカジカがタコの肉を懸命にチューインガムのようにしゃぶったり、放したり、またしゃぶりついたり、また放したり。慌てに慌ててそんなことをしているのがまざまざと眼に見えそうなアタリぐあいである。

そうやってゆらゆらとボートを流すうちに、明らかにカジカではないアタリがきた。うろたえていない、力強い、グッ、グッ、グッという連打である。

サテコソ……竿先を海面へ寄せ、たっぷり引くままに引かせ、思いきり糸を送りこんでしっかり呑みこませてから、のけぞってセットする。ドンと手ごたえがあった。しかし、リールを巻いてみると、グイグイと抵抗はするものの、それなりについてあがってきて、何ということもない。海面に大口をあけて顔を出したところを見ると、小さいめの座布団ぐらいのサイズ。背面につやつやとした炭、褐、黒の三色がまだらに散らばったオヒョウである。船頭がギャフをうちこみ、片手で難なくボートへ放りこんだ。

つづいて、来た。一発きりのバイトだった。コツコツでもなければ、グッ、グッ、グッでもなかった。いきなりドシンッと来たうえ、そのまま竿先をグイとへし曲げたのだ。一呑みに呑みこんだらしかった。

底に持っていかれるな。岩床に貼りつかれるな。何が何でもリールを巻きたてて魚を浮かせろ。底を切れ。アンカレッジでくどいように吹きこまれた忠告が脳をかすめた。体で竿を抱き、両手でかかえて、上半身ごと大のけぞりにのけぞろうとすると……ガチッとみごとに鉤がかりにした気配はわかったけれど、ドッシリと重くて、とてものけぞることができない。むしろ竿を引きずりこまれそうになり、それを支えるだけで精一杯だ。太い竿尻が腹に食いこみ、竿の半身がしなって円になり、糸がブレーキを突破してズルズル、ズルズルと出ていく。用心して15号の糸にして出てきたのに、この重力と張力はどうだ。とても15号で闘える相手じゃない。竿の力も目一杯だ。では何だ？……持久戦だ。忍の一字だ。しかし機敏な対応だ。引けば延ばせ。寄れば巻け。泳がせろ。遊ばせろ。くたびれるのを待て。けれど、待ってるな。ただ頑張ってるな。強力、かつ、微細。強力に、かつ、微細に……

星型ドラッグを相手の身悶《みもだ》えと逸走のたびに、ちょっとゆるめたり、メリメリッという竿の悲鳴を聞きつつ、やったり、とったり。

「グッド・サイズ！……」

船頭が呟いてギャフを手に立ちあがり、水しぶきたてて鉤《かぎ》をうちこみ、両手でギャフを支え、背を丸め、魚体を舟べりに引っかけてとりこむまで、何も見えなかった。私は何も見えず、高山の峯をわたる遠い木枯しの音のような、ヴァイオリンの高音部の初走のような釣糸の風切音を耳たぶにとらえていただけだった……

と、まあ、こういう次第で、遊ぶのもしんどいものなのである。が、苦しかったり、辛かったりしなければ、遊びの醍醐《だいご》味は感じられないのではあるまいか、な。ドラマとは相反するものの一体化と知るべし。甘と辛。悦と苦。笑と涙。というわけである。

ブラック・バスは雨の湖に消えた

奈良県吉野郡の池原ダムは、一見したところ、全国どこにでもある山上のダム湖である。とくに特異な風貌や地形といったものは何もない。が、北山川という渓流がこの湖に流れこみ、コイ、フナ、ワカサギ、ヨシノボリ、アマゴ、ブラウン・トラウトなどの魚を豊かに養っている。とりわけ、ブラック・バスの釣り場としては、関西の釣り師の間では知る人ぞ知るところであるらしい……

積年の怨みを晴らすべく、いざ

これまでに世界のいろいろな場所でブラック・バスを釣ってきたけれど、そのサイズはことごとく三ポンドか四ポンドぐらいだった。ちょうどフライパンに入るサイズなので〝パン・サイズ〟と呼ばれる大きさである。ユタの砂漠のパウエル湖、カナダのセント・ローレンス河、アリゾナの砂漠のミード湖、サン・フランシスコ近郊のデルタ、ジョージアとフロリダの州境にまたがるセミノール湖——どこで釣ってもパン・サイズばかり。これらはことごとく大物で知られた黄金郷であるのに、数でもダメ、サイズでもダメ、散々な目にあった。

この積年の怨《うら》みを祖国ニッポンで晴らそうと思い、バス通の友人・知人を通じ、あそこだ、ここだ、あっちだ、こっちだ、季節はいつだ、ルアーはワームかトップウォーターかジグか——集まった厖大な情報を整理し、分析し、蒸留した結果、関東より関西がいい、関西では琵琶湖、それも西ノ湖、沖ノ島、大中ノ湖のあたり、そうでなければ池原ダム——ということになったのだった。が、琵琶湖の方は、ブラック・バスを仇敵視《きゅうてきし》していた漁業組合が掃滅作戦を展開したという話を耳にして諦め、この熊野川の源へと歩を進めてきたわけである。

ズシンッ——この一瞬が男の遊びの豪奢なとき

池原ダムはどことといって変ったことのないダム湖だといったか、湖に至る道はザラ場の急峻なスロープで、下り口はその一カ所しかない。そのスロープをボートや装備をかついで、一歩一歩踏みしめておりて行くのである。夕方になって帰るときは、ヘトヘトの体でもう一度、ウンウン呻きつつ道路まで持ってあがらなければならないのだ。この不便きわまりない条件こそが、この湖の魚を温存、保護する結果につながっているらしい。

さて。

このダム湖での釣果は、目を瞠《みは》るものであった。見事である。聞きしにまさるものである。ことに〝数〟があがる点では奇蹟的で、ほとんどあいた口がふさがらないほどであった。

岸沿いに、カヌーでこっそり忍びより、立木から立木へと移動しながらワームなり、プラグなり、スピナー・ベイトなりをキャストしていくのだが、投げればたちまちヒットしてくる。わたしはミード湖でガイドにもらった〝レッズ〟というワームを試してみたかったので、これ一本槍《やり》で攻めた。〝レッズ〟はただのワームではあるが、ゴキブリの匂いをまぜた特殊な匂いがついているのである。この頭の第一関節をブッツンと歯で嚙み切り、左肩ごしにプッと背後へ吹きとばすのが、ガイド君の儀式であった。わたしも彼の方式に倣ってやってみるのだが、舌に何ともイヤらしい、ねばっこい匂いと味が残って、何度やっても好きになれない。自分が台所の残飯袋になったような気分になる。しかし、嚙み切った口は平べったく、弾丸シンカーのお尻がしっくり落ちつくのだ。それを素早く、枝のからみのなかへキャストする。

鉤はどこ社のものでもいいが、わたしはミスター・ツイスト社のキーパー・フックを使った。これにはアイの部分に逆トゲのついた短い針がついていて、そいつをワームに刺しこむとバスの口からワームが奪還できるし、空中に飛ぶこともないので、ムダにならないですむ。ケチ精神の発明品である。

スピナー・ベイトやプラグだとバスが自分から飛びついてくるから、いわゆる〝向こうあわせ〟になるが、ワームは相手に食わせてあわせなければならないので、注意深さと神経が必要である。ときどき枝にひっかかったなと思ってこっそり竿の穂先をあげにかかると、くわえたはずの餌が逃げにかかったと思って、バスが大慌てに慌ててモグモグと一挙に呑みこみにかかることがある。それが糸と竿をつたっていちいち手にひびいてくるので、水中の魚の表情をあざやかに読み取ることができ、笑いだしたくなる。こういうこまかい味はワームでないと味わえないので、使いだしたらやめられない。なじみになると、離れられなくなる。鉤先をワームから露出しないように刺しこむのがコツだから、あわせは残りのワームを貫いて鉤先がとびだし、同じ瞬間にツルツルした、骨質の、固いブラック・バスの口にグサリともぐりこむよう、上体をかけての大あわせをやらなくてはならない。このあわせが、一つのドラマになる。ズシンッ——魚の体重がこたえて運動がくいとめられる一瞬の充実と満足の爽快感は、何度味わっても極上品のそれである。男の遊びの豪奢な瞬間だ。

たしかに釣れる。だが奇妙なのである

　ワームの名手だという、土地の青年といっしょのカヌーに乗った。なるほど、ワームを投げるところを見ると、彼はなかなかの名手である。手首のスナップ、穂先だけの鋭いふりこみ、命中の確度——どの点をとってもいうことなしである。

　たくましい、形のいい、のびのびと長い眉のしたに落ちつきはらった眼があり、つぎからつぎへと水を爆発させ、小粒だけれど満身の精力をふるってバスが水面にころげまわるのにまかせ、釣っては逃がし、釣っては逃がしする。

「いい日だと一日に百匹釣れますよ」

「ほんとに？」

「信じられませんか？」

「君の腕ならできると思うけど、現実はどうだろう。ほんとに一日で百匹釣ったことあるの？」

「ちょっとオーバーだったかな。半日で五十匹近く釣ったことはあるんです。その日はそれで切りあげたんですが、そのまま一日やってたら当然百匹になると計算して申し上げたんです」

「午前中はすばらしかったのに、午後になるとパタリと食いがとまるというようなことは、この世界じゃしょっちゅうあるんでね。午前中の成績をそのまま二倍にしたら、午後やらなくともその日一日の成績になるとしていいかしら」

「きびしいね、先生は」

「ずいぶん泣かされたんでね。つい用心深くなる。それだけのことさ。気にすることないよ。この湖の実力はよくわかりました……」

たしかに釣れる。よく釣れる。つぎからつぎへと、栄養満点の、ムッチリと太ったのが元気いっぱい水面をころげまわり、いうことなしである。

ただし、どこでやっても、かかるのはきまって同じサイズで、中型のフライパンにぴったりの大きさなのだ。まるでタイ焼きのように型が一定している。バラつきがない。大も小もない。最初の一匹を無限に繰りかえし繰りかえし釣りつづけているかのようである。彼にいわせると、これはみな二年物で、そればかりが釣れるという事態になったのは四年前——昭和五十七年からのことだとか。その理由はみんなああだ、こうだというけれど、誰にも確かなことはいえない、と……

「……奇妙だね」

「おかしいです」

「いるはずなんですけどね」

「これだけの数の二年物が、来年は三年物になる。そのつぎの年には四年物になる。

この湖でバスがふえはじめてもう何年にもなるんだし、バスは長生きする魚なんだし、一生大きくなりつづけるという説があるくらいなんだから、二年物にまじってもっと大きいのが釣れていいはずなのに、いつも二年物しか釣れないというのはどういうことだろうね」

「………」

あちらこちらと岸沿いにさまよい歩きながら、画家の仕事でいうなら、デッサンの勉強のようなことを際限なく繰りかえしつづける。けっして飽くことはなし。いつも愉しみつつ。今度こそは、今度こそはと、そのたびに心はずみながら……

大物はいた。だが……

翌日。

やはり、同じことであった。パン・サイズは釣れた。数も出た。糸と竿にびりびりとつたわる魚の命も確かめた。愉しい釣りができた。が、いつまでたってもパン・サイズばかりだった。

ボートを源流点の流れこみへ回してみた。すると、たくさんの見事に太った錦ゴイが悠々と泳いでいる。そのちょっと離れたあたりに、ブラック・バスが何匹となく遊んでいるのを見かけた。そのなかに二匹、見事に太った、どっしりとした肩幅の、図太く下唇のせりだした大物がいた。水中では事物が小さく見える原則があるけれど、魚品は見まがいようがない。

思わずドキドキして立ちあがり、スピナー・ベイト、ジグ、ワーム、プラグと、とっかえひっかえして投げたけれど、見エル魚ハ釣レナイの鉄則通り、二匹はチラとふりかえることもなく、悠々とつれだって、岸近くの大岩と沈木のかげに消えてしまった。

やっぱりこの湖には大物がいるのだ――とわかり、にわかに心と足に熱い血が音をたてて流れこみ、ふくれあがった。セント・ローレンス河の寒、ユタの砂漠の暑、フロリダの汗、これらことごとくの宿怨《しゅくえん》をここで晴らしてやるぞと、翌朝、ものすごい形相で湖へ繰りだしたところ、じゃぼじゃぼビシャビシャと、梅雨入り宣言当日の雨であった。それもかなりあたたかい温雨だから、広い湖面のあちらこちらに白い霧が湧きたった。

雨なんか積年の泣きがあるからこたえるもんじゃないけれど、山上湖の特徴として、しばらくすると源流点から大量の土砂が押し流されることとなり、あたり一帯が茶褐色に濁り、ひどい濃霧が水中にひろがった。これでは釣りにならない。いくらかのささ濁りは釣りに最高だけれど、この濃霧では手も足も出せない。ついに念願の大物二匹も目撃したのに、うなだれて帰るしかないときまった。

ローマを河の対岸につぶさに目撃するところまで攻めのぼりながら、某日、何故かふいに大軍をひきいて去っていったアッチラ大王の心境を憶測した史書はまだ読んだことがないけれども、豪雨のなかの猫背の小生の心境は、ちょっとそれに通ずるものがあると思いたいのだった。誇大妄想はすべての心善き釣り師の常道である。

それにしても、釣りはままならないものである。むろん、だからこそ、男は今日もまた竿を肩に、家を出て河へ、海へと向かうのだけれど、男にとって人生そのまま、遊びもまた……

V　魚心あれば

天才が……

御承知のように、アユは毎年、海から川へ産卵にもどってくる。河口に入ったばかりのアユは成魚から見るとびっくりするくらい小さいが、上流へのぼるにつれて、日一日と成長していく。海水から淡水に入ったばかりのアユは小さいけれど肉食魚であり、各種の稚魚をあさって食べる。上流へいくにつれてこれが菜食にかわり、川の岩につく苔を口でむしって食べるので、体からあの独特の香りがたつ。川岸の釣師は水中の岩の苔の〝食《は》み跡〟を見て、その岩のまわりに何匹ぐらいのアユがいるか、見当をつけるのである。こういう菜食主義者になってからのアユは餌では釣れないので、もっぱらオトリのアユに糸と鉤を抱かせ、体当りを食らわせてくるのをそれでひっかけて釣る。この〝友釣り〟は世界にたくさんある釣法のなかでもちょっと類がないくらい傑出したものである。

しかし、河口に入ったばかりの、小さいけれど肉食期のアユはアユで、それにふさわしい餌を選んで釣る。ふつう、たいていのアユ釣りの本に書かれているのはシラスである。これを極小の鉤につけ、口のなかでシラスをひとつまみ噛んでグズグズしてパッと川へ吐き、それに寄ってくるのを釣れと、ある。ところが井伏師の釣りの随筆によると、福田蘭童がこの時期の小アユを釣る最高の餌を発見したけれど絶対口を割ろうとしなかったというエピソードが出てくる。何でも蘭童のいうところではその餌だと一日に一〇〇匹でも二〇〇匹でも釣れるとのことで、まんざらホラでもなさそうなのだが、ニヤニヤ薄笑いするばかりである。そこで蘭童が手洗いにたったところへ奥さんがお茶を持って入ってきたので、さりげなく、明日アユ釣りにいきますから餌を用意しておいて下さいな、とたのむ。奥さんは、ハイ、かしこまりましたと答える。そこでもう一歩つっこみ、さりげなく、ところであの餌は何でしたっけ、空とぼけてそうたずねると、奥さんはクスリと笑ってそのまま消えたとのことである。

この随筆はずいぶん昔に書かれたものである。私が安岡章太郎氏につれられて荻窪の清水町の井伏師の家に出入りするようになったのはそれよりさらにこちらのことである。ところが、某日、いつものように老師とさしむかいでスコッチをすすっていると、前後の脈絡なしに、突然、老師が、蘭童が吐きましたよ、と呟やくように一言洩らす。たったひとことそれだけである。しかし、朦朧とした薄明のお脳に例の随筆のことが閃めき、アユ釣りの餌ですか、とたずねかえすと、老師はだまってうなずく。私はアユ釣りはしないけれど興味は抱いているから、かねがねその秘伝は気になっていたので、蘭童が吐いたの一言でチカッときたのだった。そこで数日たってから鳩居堂へいって錦布《きんぷ》で装丁した巻物を買いこみ、老師のところへ持ちこんだ。そして、いつでもいいから、気に入れば、毛筆、マジック、ペン、何にてもよろしく、その秘伝を一句それきり、または解説付、これまたどうにでも。ただし、一つだけ。巻物の冒頭にではなくまんなかあたりにどうぞ、とたのみこんだ。どうして冒頭じゃいけないんですと老師がおたずねになるので、巻物をひろげていきなりそれが出てきたのでは有難味がありませんから、と申上げる。

　しばらくして老師から電話があって、巻物をとりに来なさいとのことである。そこでよろこび勇んでかけつけ、無飾そのものの書斎にあがりこんで、うやうやしく巻物を頂く。巻物をほどいてどんどん繰っていくと、やがて老師の肉筆があらわれ、若干の解説がついていて、蘭童の秘儀中の秘儀が書きとめてあった。それを今ここに書くとたちまちあちらこちらの河口でアユが乱獲されることとなるであろうから、いましばらくわが国の釣師の民度が向上するまでガマンして頂きたいのである。しかし、それは呆ッ気にとられるくらいまともな物であって、ケレンもハッタリもない。この時期のアユの食性を考えればそれを思いつかないのはかえってフシギだといいたくなるくらいの物であるとだけは申上げておきたい。天才的着想というものはしばしばごくささやかな着眼なり工夫なりからはじまるものだという一例であるかもしれない。その後ときどきアユ師と会ったときに以上の口上を述べたあとでニヤニヤ薄笑いして、あてごらんなさいと謎をかけてみるけれど、まだ一人もあてたものがいない。噂に聞いたこともなく、書かれたのを読んだこともない。道を歩いていてときどきニンマリ思い出し笑いをすることがあるが、やっぱり〝発見〟とはむつかしいものであるなと、感じ入らせられたりもする。

（……こうして蘭童氏の着想は消えることなく後世へ伝承されることとなったが《……私が吐きさえすれば》、それからしばらくして蘭童氏の訃報を聞いた。人にそれを教えられた瞬間、やっぱり、とうなずきたくなったことをおぼえている。こんな小さなことでも執着が消えると人はホトケになるものであるらしい一例として）。

さて。

井伏さんの作品になじみはじめて私はもうかれこれ四十年になるかと思う。中学生になって勤労動員令に狩りだされ、家に帰ってくると燈火管制の暗い電燈の下で『多甚古村』や『さざなみ軍記』など、かたっぱしからむさぼり読んだことを思いだす。その頃は新刊本らしい新刊本はほとんど出版されなくなっていたけれど、疎開で家財道具のめぼしい物を田舎へ送りだしたあと、どこの家でも本の山を持て余すものだから、明治以後のありとあらゆる全集と、単行本と、雑誌があふれ、いくら読んでも追っつかないありさまであった。外国文学も『世界文学全集』をはじめとしてたじたじとなるくらいたくさんあったから、軍国思想と葉隠精神がバルビュスの『地獄』やシエンキェヴィッチの『クォヴァディス』などといっしょに小さな脳のなかで同棲していた。井伏さんは文体放浪の時期の長かった作家で、それだけ感性の振幅が大きい人だったわけだが、すべての作品がといってよいくらい耽読《たんどく》できた。戦争が終ってからは『遙拝隊長』、『復員者の噂』、『丑寅爺さん』などがぞくぞくとあらわれ、出るたびにとびつくようにして読んだものだった。とらえようのない不安と焦躁で間断なくあぶりたてられ、酸を浴びたように心がただれていた私は、赤貧のあばら家の破れ畳に寝ころんで井伏さんの作品と梶井基次郎の短篇を読んでいるときだけ井戸水のように爽やかな、しみじみしたものにみたされて、やっと息をつくことができた。〝忍び音《ね》ぞ洩れにける〟という言葉があるが、井伏さんの作品では〝、〟と〝。〟のあいだに明晰に、微妙に、精確にこれが漂って、ほろにがい微笑のうちに何事かを教えられる。〝小さなことを書く大きなチェーホフ〟という表現をロシア文学界で教えられたと思うが、それだ。

井伏さんの作品はしばしば、うかつに批評すると、そいつがバカに見える。文芸時評の議論のネタになるような〝問題性〟が皆無といってよいくらい作品中で消化しぬいてあるから、いいとしかいいようがない。こういう作風を牛涯通じて一貫してこられた不屈さには感服の他ないが、いわゆる不遇時代が長くあったのも、盲人千人の地上では避けられないことだったのかもしれない。おそらく夜ふけに暗涙をにじませられることが多かったろうと思いたい。『さざなみ軍記』には〝いつわりの詩美〟ではない少年美が凜々《りんりん》とした緊迫とのびやかさで語られていて、朗詠できないものかというもどかしさをおぼえるほどだが、同時代に氾濫していたけばけばしいその場出来のリリシズムを全否定したがっている作者の自負が読みとれるようで、ファンとしては拍手あるのみである。昭和の〝疾風怒濤《しっぷうどとう》〟の日々に六年も八年もかけてこの作品は断続的に書きつがれたものだが、全篇の文体に乱れがまったく見られない。

小説家になってしばらくすると私の家にも外国人の日本文学研究家がよく遊びにくるようになった。酒を飲みつつ彼らのたどたどしかったり流暢だったりする話を聞くうちに、しばしば井伏ファンがいることを発見した。彼らは眼を細くして井伏作品を全肯定する。そこでためしに、どの作品のどの部分がいいかとたずねてみると、まずまずピタリとさしてくる。井伏さんの作品を読むと日本人の感じ方、考え方、もののいい方がじつによくわかると彼らは嘆賞する。こういう例がつぎつぎとあるものだから、うかつな話だが、やっと私はそこで井伏さんの普遍性、国際性ということに開眼させられたのだった。若いときにチェーホフを読んで読みやぶり、ついでその影響があらわになることを避けて避けとおした努力は結晶の長い過程をくぐった。その文脈に提出されている山川草木と風貌姿勢にはまぎれもない日本そのものがあり、固有なるものが定着されている。読んでいてそれとぶつかる抵抗感が快よい。日本語でいう〝手ごたえ〟がある。外国人研究家の何人かが訴えるところの核心部分を要約してみると、おおむね、そういうことになりそうであった。故阿部知二氏が、昔、銀座のバーで、微酔気分で、私の耳もとで同時代人としての感想を呟やいておられたことを書きそえておきたい。ぼくらのときにはね、天才が二人いたんだ。日本語の天才が。一人は川端康成、一人は井伏鱒二だよ。

石斑魚

ベトナム戦争中、サイゴンで中国人の実業家の親玉と知り合いになった。

サイゴンは経済活動が小さいんで、彼は五つ六つの会社を持ってはいるんだけれども、朝十一時ごろ社長室へ出てきて、一時間ぐらいで何もかも全部終わってしまう。後の時間をどう過ごすか……能力のほうが凄すぎて、事業がひいひい泣いて、小規模のままで大きくなれない。それで彼は、もてあました力を、博打《ばくち》と女と魚釣りに注ぎこむ。英雄、色を好む——実力を発揮する男にかぎって女が大好きという例は無数にあるけれど、どうも本当は、女だけではないらしい。

その彼が、わたしを連れてキャバレーへ行く。当時、サイゴンのキャバレーは女の置屋みたいな向きもあって、廊下の両側に小さい部屋が並んでいて、チョンの間をやれるようになっている。で、一緒に酒を飲んでいる最中に彼が、

「ムッシュー、ちょっと失礼するよ」

といって、席に侍《はべ》っていた女と小部屋へ出かけて行く。しばらくすると、ポタポタ

顔から水滴を垂らしながらもどってきて、またコニャックを飲みつづけるんだけれども、二、三軒キャバレーをハシゴしても、そのたんびに女のハシゴもやっているんだ。凄《すげ》えのがいると思って、わたしはひたすら感心したもんだよ。

これが、聞くともなしに博打のやり方を聞いていると、何百万ピアストルという単位で金を儲けてるらしい。相手は常連ばかりだから、その何百万ピアストルがあっちへ動いたり、こっちへ動いたり……自分の金やら他人の金やらよくわからない。タライ回しをやっているだけのこと、バカバカしいが、賭《か》けるときの一瞬の緊張感がネ——といってホロ苦く笑ってたけどな。

ところで、このおじさんの魚釣り道楽がどえらい。わたしの見たところでは、博打、女などよりずっと念が入っている。彼の家へ行ってみると、寝室にリュックが三つ、四つ置いてある。ひとつのリュックには、鉤やら錘《おも》りやらが入っている。次のやつには、リールやら糸やらが入っている。もうひとつの大きなリュックには何が入ってるのかと思って、

「これは何が入ってるんだ?」

と訊《き》いたら、

「あけてみろ」

という。で、あけてみたら、中華料理の鍋、包丁、ショウガ、醬油、酢……釣った

魚をその場で料理して食えるよう、道具、材料一式がぎっちり詰まっているんだ。彼が本格的に釣りに行くとなると、下男がこのリュックを担いでついていくんだ。

それで、ある日、彼と一緒にリュックを下男に担がせ、プークォック島というところへ飛行機で出かけていった。この島は漢字で書くと〝富国島〟、ベトナム領だけれどもカンボジアとの国境線上にある。この島の岩礁ではいろいろな魚が釣れる。五目釣りでやるんだけれども、彼が目をつけているのは、ハタだけ。中国語で石斑魚——セッパンユイという。広東《カントン》系の人間にセッパンといえば、いっぺんに通じて涎《よだれ》の垂れそうな顔をする。黒いのもいるし、赤いのもいる。ときたま灰色がかった青に、黒っぽい点のついたやつもいて、老鼠斑《ラオスーパン》という。

この黒ぽつの、背中がこんもり盛りあがったのが釣れると、大騒ぎになる。他の魚は全部向こうに投げ、こいつだけを涼しい日陰にとっておく。これを翌朝、船を岸につけると大リュックから道具を出して、石を組み炉をつくり、徹底的に自分で料理を始めるんだ。清蒸料理——チンジョンと呼ぶが、広東語でチンチンという。

これが、天下一品だった。野外で、海の風にさらされて、一晩徹夜で重労働をやった後だから、何を食ってもうまいことはうまいだろうけど、その分は差引きしても、黒ぽつのある背中の盛りあがった石斑魚の清蒸は淡麗で見事、思わず嘆声をあげてしまったほどだった。

食に関しては、何といっても中国人の天才にはカブトを脱ぐんだけれども、石斑魚の清蒸は最高のご馳走なんだ。彼の説明によれば、うまい順序はまず、頭、目玉、唇、下腹、内臓、そして肉ということになる。

「あなた、お店を開けるね」

と、料理の手腕に感心していったら、フフフと笑って、

「まあネ、自分でもそう思うことがある。けど、客にあわせてつくるなんて……」

といった。考えてみれば、金持ちの実業家が料理人になる必要もないわけだ。が、それほど卓越してたな、彼の腕は。

ついでの話だが、カンボジア国境の近くまで船を出して釣っていたら、夜中に陸地で撃ち合いが始まった。ドンパチ、ドンパチ、曳光弾《えいこうだん》が何発に一発か入っている。それがパンパンパン、シュルシュルと飛びかっている。美しい。釣り竿《ざお》を手に、遠くから殺される心配もなく眺めてるわけだから、こんな壮観な見物もない。ヘミングウェイは、

「人が死ぬことがなければ、戦争は最高のページェントだ」

といったけれども、いやまったく、こんなに金のかかったページェントは他にない。

南無阿彌陀佛。

【チョンの間】　チョイの間とか、ショートとか、時間ということもある。泊りでじっくりセックスを楽しむのではなく、短い時間に「入れる、こする、発射する」に専念する行為。
【ハシゴ】　人間の心と肉体をとりこにする酒と性の魅力を、如実に示す現象である。が、ハシゴの後でしばしば二日酔い、虚脱が生じるので注意が肝腎。

ビギナーズ・ラック

魚釣りであれ、ギャンブルであれ、何であれ、初心者にかぎってラッキー・ストライク、ビッグ・ヒット、大当たりするということがよくある。これをビギナーズ・ラックと称する。

なぜこういう現象が起こるかを、歴年、小生は川岸でつぶさに探求してきた。熟練の釣り師であるわたしが、雨の中で泣き、風の中で怨《うら》み、お日さまが射して汗まみれになり、アマゾンのダニにたかられて全身真っ赤にふくれあがり、痛い、かゆい、つらい、寒い、えらい思いをしながら、この観察をつづけてきたのである。

魚釣りの糸の結び方も知らず、竿の振り方も知らず、リールの構造も知らない男もしくは女を川岸に連れ出して、いちいち手をとってああしろ、こうしろと教える。それから、ちょっと離れた川下にわたしが立って、同じリールで、同じ竿で、同じルアーで糸を垂れる。ところが、しばしば、このうぶな初心者の竿に大きなのがかかる。もしくは、大きいのではなくとも、だれも釣れないときに一匹、見事に当てたりするんだ。初心者は雷に打たれたみたいに、全身はブルブル震え、心臓はドキドキ、目はうるみ、ボーッとなってしまう……

なぜ、このような現象が起こるんだろうか？　百戦錬磨の小生に一匹も釣れないのに、東も西もわからないやつに当たる。なぜだろう？

観察を続けるうちに、小生、次のごとくビギナーズ・ラックのメカニズムを解明するにいたった。

要するに、初心者は何も知らないから、大先輩である小生の意見を忠実に守る。わたしのほうは、細かいことは教えないで、ベーシックで大事なことだけをまず教えこむ。それをクソマジメに信じこんで、初心者は挑む。自分が何をやっているのかもよくわからないで、しゃかりきに挑む。熱のこもっていないルアーの動きは、魚にもよくわかるらしく、単に熟練だけのルアーの動きでは、魚は飛びつかない。熟練、プラス熱でなくてはいけないんだ。

おもしろい小説を書いたから、売れるんではない。もちろん、それは重要な要素ではあるけれど、作者がどれだけ熱をいれているかによって、その、フィーバーが読者を釣るのである。

それと同じことが、ここでもいえる。ビギナーの無知と熱気が、これを可能にするのである。だから、熱くなければならない。そして、無知でなければならない——つまり、ある意味で謙虚でないといけないのだが、同時に熱狂的な集中が必要とされる。かくして、何をやっているのかもわからないのに、熱中していれば当たるという結果が、ここに生ずるわけだ。これがビギナーズ・ラックなんだな。

一方、百戦錬磨の小生は、ベーシックなルールはもちろん実行しているけれども、過去に無数の例外もあったということを知っている。経験として知っている。そこで、自分の教えた原則を自分で実行しない——という罰当たりのていたらくになるんだ。悪いことを生徒に教え、生徒をかえってよくならせるのを反面教師というが、わたしは正しいことを生徒に教えていながら、自分でそれを実行しないんだから、自分に対して反面教師になってるわけだ。

ところが、諸君、うまくしたもんで、プロとアマの違いというのが、次に出てくる。ビギナーズ・ラックで呆然《ぼうぜん》とした初心者が、街へもどって、よっしゃというんでにわかに目覚め、自分の金で竿を買い、リールを買い、ルアーを買い、ゴム靴を買いして川岸に出かけていって釣りをやりだすと、とたんに釣れなくなっちゃう。

これだ。よくしたものだ。それで彼もしくは彼女は、最初にやったラッキー・ストライクのことを何十回、何百回、何千回となく雨だ、風だ、霧だ、ダニだ、蚊だ……の中で思いだし、反芻《はんすう》し、思い出にボーッとなりながら魚釣りに挑む。そして、いよいよ釣れなくなる。師である小生の教えが間違っているのではないか——と思いはじめる。見よう見真似、創意工夫でいろいろやってみる。そして、ますます釣れなくなる。本を読む。人に訊く。泥沼にはまっていく。これがビギナーズ・ラックの次の段階にやってくる付随現象なのである。

そういうわけで、ビギナーズ・ラックは確かにすばらしいが、同時にあらゆる名声と同じく、はかないものでもあるんだということを、肝に銘じておく必要がある。魚釣りにかぎらない。ギャンブルでもそうであり、仕事でもそうである。ビギナーズ・ラックが単にまぐれでもなければ偶然の所産でもなく、謙虚でかつ熱狂的集中によって起こったことであると悟ったとき、初めてラックではない当たりはやってくるんだよ、諸君。

南無阿彌陀佛。

【百戦錬磨】　幾度となく戦闘の場を経験した結果、銃声に驚いてオシッコを洩《も》らしたりしなくなった状態。すべてを呑み込んだつもりで、呆気《あっけ》なく頓死《とんし》することもしばしば。

【反面教師】　生徒の感性さえすぐれているなら、こんなに楽な愉快な身分もない——なにしろ、悪いことをすることがそのまま教育になるのだから。が、生徒がバカだったら単なる〝ワル〟なのである。

輪廻

初夏、たとえばアラスカの川へ、サケが上がってくる。荒野を貫く澄みきった水の中に、無限の大群である。太平洋には、サケが五種類いる。キング、シルバー、レッド、ピンク、チャム。しかし、母なる川へ帰ってくる母川回帰ということでは、みな同じである。それから、帰ってきて雌《めす》が卵を産み、雄《おす》がその上に射精して、一巻の終わりとなる。生涯を終わる。種族の大義を果たして終わるという点でも、みな同じである。

イワナやマスは、何度も何度も川へ上がってきては海へもどり、射精しては海にもどり、また上がってきて射精し、海へもどりする。さて、その巨大なキングサーモンが孵化場をジャンプし、堰堤《えんてい》を飛びこえて上流へ上がってゆく。三十ポンド、四十ポンド、五十ポンドという巨体が飛んでいく。その後に、潜水艦の後尾にモーターボートがくっつくような恰好で、イワナが追いかけて飛んでいくのが見られる。

もともとイワナは警戒心の強い魚で、決してジャンプせず、水の表層に出てこない。

北の川に棲む陰気な魚である。ところが、このときばかりは全身を現し、ジャンプをしてキングの後を追いかけていく。要するに、キングサーモンの産む卵を食べようという寸法なんだな。

そこで、注意深く川岸に近づいて草むらから覗くと、巨大なキングが二尾、しのぶ恋をやっているのが見られるはずだ。雌が掘る、雄が精液をひっかける……これをやっている。死の寸前の光景である。トーテン・タンツ（死の舞踏）である。

そこから一メートルか二メートル離れたところに、小さなイワナがちょろちょろヒレをそよがせて、上流に向かってじっとしている。これは、転がり落ちてくる卵をぱくぱく食べているのである。この季節、イワナを釣り上げてみると、のどから胃袋まで、まるで真珠の首飾りのようにサケの卵がぎっしり詰まっているのがよくわかる。

翌年三月、氷水のように冷たい川の岩の下、砂利の下で、卵から子がかえる。かえったばかりの子は、川の水の中に泳いでいるプランクトンを食いて育つ。親は前年に死に、ボロ雑巾《ぞうきん》のようになって川底に沈み、累々と折り重なっていく。北海道ではこれを〝ほっちゃれ〟という。うまい表現である。

ところが、このほっちゃれはそのうち分解して、有機燐《りん》やら何やら、いろいろな栄養物になって川を流れていく。それがプランクトンを生み出す。それが川岸の草を養う。動物を養う。魚を養う。すべてを養う。かくて、親の体が分解して有機燐になり、プランクトンになり、それを翌年、その子が食べて育つわけだ。サケは、子を知らずして親は死に、子は親を知らずして生まれるのである。

そうこうするうち、今度はサケの子が卵を産んでいるイワナの後へ回る番である。イワナがぽんぽん卵を産む。ニジマスがぽんぽん卵を産む。それをサケの子が後ろに待ち構えていて、流れてくる卵をパクパク食べるのである。

なるほど昨日と今日の違いか——君はこう感ずるであろう。が、まだちょっと早いのだ。これが、君の目の見えるところ、足のすぐ下で起こっている生の回帰現象である。そこで君は、直感としての科学者にいきなり変貌《へんぼう》する。それで、万物は流転する、輪廻転生する、形が変わるだけだ、エネルギーは不滅である、質量恒在である。この世は変わらない、何も変わらない——こういう認識を抱くに至るであろう。沙羅《さら》双樹《そうじゅ》の下で結跏趺坐《けっかふざ》していたインドの若き王子哲学者と同じ観測をするに至るのである。

つまり、輪廻説は徹底的な唯物論なんだ。徹底的な唯物論的なるものの上に立っているんだということを悟るのである。それにしては、イメージが美しすぎるじゃないか。

およそ人間の世界では、喜劇を追求していくと悲劇が出てくる。悲劇を追求していくと喜劇が出てくる。相反するものを同時併存しているのである。これを相反併存という。

したがって、唯物論を徹底させると、美しい詩が生まれてくる。マルクス一派の唯物論がのべつ失敗して、詩どころか流血の惨ばかり生み出して、膨大なる貧乏人と悲鳴の呟きだけしか生み出せないのは、どこか不徹底だからなのである。

インドの仏教哲学者の認識は正しかった。科学的に、まことに正しかったと思われる。それは直感を基礎にしたものではあったが、自然に教えられた認識論であった。

この点を、しかとのみこんでおく必要がある。生まれ変わり説とか輪廻転生とか聞くたびに、君は今後、このことを思い出す。世の中は質も量も変わらない。形が変わるだけである。むだなものは何もない。むだに見えるのは、人間の目が愚かだからである。

南無。森羅万象。

南無阿彌陀佛。

【万物流転】 古代ギリシャの哲学者ヘラクレイトス（前六〜五世紀）が『自然に就いて』で唱えた説。これを読んだソクラテスは「私の理解しえた部分は立派だ。理解しえないところもきっと立

派だろうが、余り深遠で、潜水夫でなくちゃとても分からんよ」といったとか。

【マルクス】 いまさら説明の要もない。二十世紀前半の知識人を狂奔《きようほん》させた人。

内臓料理

料理の世界で日本人は世界一の魚食民族だとされていて、事実そのとおりである。しかし、ここで意外と気づかれていないことがある。それは、魚の内臓だ。われわれは世界一の魚食民族のプライドにもかけて魚の内臓を食っているが、その内臓というのは卵であり、肝であり、白子《しらこ》であることが多い。ところが、魚も食道があり、胃袋があり、腸があるんだ。この部分がうまいことを知らなくてはいけない。ここを抜き出して、切って、中身をよく洗い、それからグツグツ煮込む。少しにおいがするようだったら、ショウガを入れればよろしい。酒の肴《さかな》に最高なのである。

全日本で毎日毎日、莫大な量の魚のはらわたが出てくるが、もっとも栄養豊かな、もっとも食べやすい部分がどんどん捨てられている——と、私は恨んでいるのである。以前は気のきいた料亭や寿司屋に行くと、たいていこの魚の内臓の部分を抜き出してきて、酒の肴にして、オードブルとして、小粋なつまみとして出してくれたものだが、近ごろはみんな怠慢である。やらない。面倒くさがる。だけど、内臓ほどうまいものはないんだ。

動物も同様であって、内臓がたいへんにうまい。一番着目されるのが肝臓である。それから腎臓である。それから胃袋、その他、その他……である。

代表に挙げてみるなら、フランス料理でいうトリップであろうか。英語ではトライプと呼ばれるが、しかし、アングロサクソン国では、牛の胃袋の料理というのはあまり出てこない。フランス料理では、正式にトリップ・ア・ラ・モード・ド・カン——カン風牛の臓物の煮こみという意味である。牛の胃袋（やら、腸やら、膵臓《すいぞう》やらも入れたりする）をブドウ酒と一緒にグツグツ煮込んで、壺に入れて出してくることもあり、深皿にいれて出してくるときもある。食いかけたらやめられないほどの珍味である。ノルマンディ地方では、これを白ブドウ酒を飲みながら食う。灰色でもないのに、灰色の酒——ヴァン・グリと呼ばれている。どうでもいい知識だが、胃袋料理がいかにうまいかについては、ラブレーの本を読まれるとよろしい。

中国へ行ってみると、牛の胃袋は飲茶《ヤムチャ》にも出てくるし、ふつうの料理にも出てくる。メニューを見て「肚」と書いてあれば、胃袋だと思っていい。

北京あたりでは満州民族、遊牧民族との接触が深かったから、お互いに影響しあっていて、牛の胃袋がたいへんな珍味とされている。いくつかの料理があるが、私の好きなのはヤンバオトウというやつである。羊爆肚と書く。羊の胃袋を抜き出してきれいに洗い、熱湯の中に放りこむ。熱湯ごと深皿にいれて、ホカホカの湯気のたったやつを運んでくる。このとき包丁を入れる。それで、そのアツアツの胃袋を醤油《しょうゆ》と、酢と、芥子《からし》と、辣油《ラーユ》と、スパイスのいっぱい入ったタレにぴちょんとつけて、パクッと頰ばる。こいつはうまい、非常にうまい。ヤンバオトウ、冬がうまいとされているが、夏でもまずいことはあるまいと思う。スコットランドへ行くと、ハギスというものがある。これまた羊の胃袋だが、胃袋の中へ挽《ひ》き肉やらなんやらを詰めこみ、口を閉じてグツラグツラ……と煮るのである。それを輪切りにして食べるのだが、私はあまりうまいとは思わなかった。カメラマンの立木義浩は、エディンバラのさるお宅でハギスを出されたとき、ひそかに持ちこんだキッコーマンをかけて食ったら、なかなかうまかった……といっていたから、食い方によってはいけるのかもしれない。

北海道の道東、道北の海岸の漁師が、手慰みでつくり出したチュという、塩辛の一種がある。これは川へ上がってきたサケの肉と卵をとった後、腸も胃袋も一緒にトントンと刻み、麴《こうじ》で軽くつけたものだが、じつに上品でうまい。サケの血管の大動脈を塩辛にしたのをメフンというが、メフンよりも臭くなくて、くどくなくて、端正な味がする。昨今ではビン詰めにしたものもあるらしいが、やはり本場で、本物をためすのがいい。

魚の腸といえば、これはもう、アマゾンに棲息するピラルクである。これにとどめをさす。太めのフランクフルト・ソーセージといった趣きの腸の中に、ピラルクの舌（細長くてイカの甲のように硬い）を差しこんで炭火で焼いて、岩塩と唐芥子をパラパラパラとかけて食う。ねっとり、むっちり、プリプリしていて、その端麗、その上品、その美味、しばし声をのむ。

これがちょっとでも残っていたら、小さく刻んでチャーハンにいれる。これがまたいいんだな。ピラルクの腸を思い出すだけで、またアマゾンへ行きたくなってくる。それで、この夏（アマゾンでは冬だが）再訪するつもりなのである。むろん、自分で釣り上げて食うつもりだが。

南無阿彌陀佛。

【アマゾン】　世界中の淡水の三分の一を占め、流域の熱帯林からは世界の酸素の三分の一を生むという類いのない大河。その流域の密林が拓《ひら》かれ、世界の異常気象の引き金となっていると説をたてる学者も多い。

【ピラルク】　アマゾンに棲息する魚で、淡水魚としては世界最大。五メートルにも達する。非常に敏感なため、竿で釣ることが難しい。肉は白身で淡白。タラそっくりである。

魚心あれば

東西を通じて釣りにちなんだ故事来歴はいくつもあるが、もっとも知られているのは、太公望《たいこうぼう》の話だろうか。司馬遷《しばせん》の『史記《しき》』に出てくる、呂尚《りょしょう》という釣り狂いの老人のことである。が、あるとき幸田露伴が、太公望は本当に釣りだけをしていたのか……と研究してみたことがあった。露伴は独学者だったけれどもたいへんな博学だから、古文献をあさり、いろんな伝説を拾い集めてみたところ、呂尚は一説によれば、屠畜《とちく》業者だったといい、また一説によれば肉饅頭《にくまんじゅう》を売っていたらしいということになった。

呂尚が渭水《いすい》のほとりで竿をのばして釣りをしていると（『史記』によれば）人材を探し求めて周《しゅう》の文王《ぶんおう》、西伯が通りかかって、呂尚と話をしてみたところ、その学識に驚き、亡き父王の大公が「やがて立派な人物が現れ、お前を補佐して国を繁栄に導くだろう」といっていたその人物に違いあるまいと思い、〝太公望〟と名づけて師と仰いだ――ということになっている。

しかし、露伴翁《おう》は、卑しくも釣りをしよう、悠々天地の間に遊ぼうという志を持っているはずの人物が、王様から誘いがかかったからといって、ひょいひょいと腰を上げ、嫌らしいドロドロの政治の世界に首を突っ込むなどとは、釣り師の風上にもおけないクソいまいましいじじいだ――と、吐きすてるように書いている。釣りをしている人がいると、必ずそばに寄ってみたくなるのが釣り師の性《さが》というものだから、昔の川柳には「釣れますか　などと文王　そばへより」というのがあったが、露伴はこれをもじって、もし太公望が屠畜をやっていたり豚マンを売ったりしていたのなら「ヒレをくれ　などと文王　そばへ寄り」というふうに書きかえなきゃなるめえ――と、捨てぜりふを吐いた。愉快なおじいさんであった。

さて、『荘子』の冒頭に、こういう話が出てくる。荘子があるとき、弟子と一緒に川のほとりを歩いていると、魚が川の中を泳いでいるのが見えた。で、弟子が荘子に向かって「魚が楽しそうに泳いでおります」といったら、師匠が、「お前は人間で、あれは魚だ。あの魚が愉しんでいるかどうか、人間であるお前にどうしてわかるのだ？」と答えたという。これは、延長していくと詭弁《きべん》哲学になるんだけれども、正しい解釈だと考えるべきであろうな。

長年わたしは釣りをしてきて、岸辺から――ときには水にはまったときなど、水の中から魚の生態を眺めてみたんだが、餌をとるか、卵を産むか、敵から逃げるか、そういう有効な行動ばかりであるかのように見える。川の中でひらひら泳いでいる魚だって、餌が流れてくるのを待ってひらひらしている場合が多い。池の鯉《こい》を見たって、のべつなにかをもぐもぐ食べているじゃないか。

そうすると、いわゆる無償の行為としての遊びを魚は持っているんだろうか？　猫が毛糸の玉に戯れているのを、あれは遊びだと呼んでいいかどうかも疑わしい面がある。鼠《ねずみ》をいたぶる訓練をしているんだ、という見方だってできるわけだ。とすると、この遊びもまた無償の行為とはいいにくいだろう――とわたしは考えていたんだが、カナダの釣り師で同じようなことを感じている人物がいて、本を書いている。サケが釣れないときに、旅館でそれを読んでみると、いったい魚が遊んだりすることがあるんだろうかというようなことを書き記していた。

あるときわたし（そのカナダの釣り師）は不思議な光景を目にした。丸太がたくさん川岸につないである。その材木の上へ、なんの魚かわからないけれども、小さいやつがぴょんぴょん水から跳び上がって乗る。また、ぴょんと弾ねて水へもどる。ぴょんと材木へ跳び乗る。ぴょんと水へもどる。こういうことを何度も繰り返すのを目撃したんだ。あれは遊びだといえるのではないか。わたしの半生で、魚が無償の行為らしいことをしているのを見た唯一の例だったな。が、注意しているが、その後、同じ光景に遭遇したことがない。そう書いている。

わたしはわたしで、こういうことがあった。川の中に島があることがある。水の流れは川中島で二つに分かれ、一方が広く、一方が狭い。下流から上ってくる魚が、ゆっくり楽に通れるはずの広いほうを避け、わざと木の枝がこんがらかっている狭いほうを選んで、くねくね腹をひるがえしていくのを見たことがあるが、あれも遊びなのかどうか？　「力を尽くして、狭き門より入れ」とバイブルにあるが、狭いほうの流れが単にフィッシュ・パス（魚道）であるにすぎないのかもしれない。

非常に難しい。魚が遊んでいるのかどうかを考えるだけでも難しい。

君は人間である。向こうは魚である。つねにこのことを頭に入れておく必要がある。魚心あれば水心――である。もっとも、この諺の意味はわかるようでよくわかりかねているんだがネ。

森羅万象。

南無阿彌陀佛。

【『史記』】　前漢初期に司馬遷（前一四五〜前八六）がまとめた、黄帝《こうてい》から前漢武帝《ぶてい》までの歴史書。全百三十巻。人間の知恵と愚行がよくわかる。史書の中の史書。ともかくおもしろい本。

【渭水】　中国甘粛《かんしゅく》省岷山《みんざん》山脈に源を発し、陝西《せんせい》省の中央を通って黄河に合流している。流域は沃野のため周、秦《しん》、漢、唐の時代を通じ、都が栄えた。

初出・初収一覧

Ⅰ

釣りたい「北海タイムス」1967年7月22日（『言葉の落葉Ⅲ』冨山房1981年）
水辺の破滅「人間として」1970年3月20日（『白昼の白想』文藝春秋1979年）
クジラを拾う話「小説新潮」1971年11月1日（『食後の花束』日本書籍1979年）
自然への希求『新編人生の本　第10巻』1972年7月20日（『河は眠らない〈開高健全ノンフィクションⅠ〉』文藝春秋1977年）
一匹のサケに二十年*「群像」1975年7月1日（『白昼の白想』文藝春秋1979年）

Ⅱ

奥日光・丸沼にニジマスを追う*「旅」1971年5月1日『河は眠らない〈開高健全ノンフィクションⅠ〉』文藝春秋1977年）
大いなる鏡を見たり「旅」1973年11月1日『河は眠らない〈開高健全ノンフィクションⅠ〉』文藝春秋1977年）
わが敬愛する三人の釣師「小説新潮」1975年9月1日（『白昼の白想』文藝春秋1979年）
手錠つきの脱獄者「新潮」1975年12月1日（『白昼の白想』文藝春秋1979年）
16番クラブ*「オール讀物」1976年8月1日『河は眠らない〈開高健全ノンフィクションⅠ〉』文藝春秋1977年）

ミミズのたわごとではない「別冊文藝春秋」1977年3月5日（『あぁ。二十五年。』潮出版社1983年）

頁の背後『河は眠らない〈開高健全ノンフィクションI〉』文藝春秋1977年）

III

河は呼んでいる*「週刊朝日」1980年1月18日〜2月15日（『もっと遠く！』朝日新聞社1981年）

奇蹟の人*「週刊朝日」1980年5月30日〜6月20日（『もっと遠く！』朝日新聞社1981年）

俺達に明日はない*「週刊朝日」1980年6月27日〜7月11日（『もっと遠く！』朝日新聞社1981年）

IV

河の牙*「海」1982年7月1日（『オールウェイズ上』角川書店1990年）

ヒトも魚も……「別冊文藝春秋」1982年7月1日（『オールウェイズ上』角川書店1990年）

つぎの大物「海燕」1984年1月1日（『オールウェイズ上』角川書店1990年）

母の怒り「オール讀物」1985年1月1日（『オールウェイズ上』角川書店1990年）

北海にオヒョウを釣る「HOLDERS」1985年8月10日（『オールウェイズ上』角川書店1990年）

ブラック・バスは雨の湖に消えた「HOLDERS」1986年5月10日（『オールウェイズ上』角川書店1990年）

V

天才が……＊「『井伏鱒二自選全集 第4巻月報』」1986年1月20日（『オールウェイズ下』角川書店1990年）
石斑魚「週刊プレイボーイ」1988年8月9日（『知的な痴的な教養講座』集英社1990年／集英社文庫1992年）
ビギナーズ・ラック「週刊プレイボーイ」1988年9月15日（『知的な痴的な教養講座』集英社1990年／集英社文庫1992年）
輪廻「週刊プレイボーイ」1988年10月25日（『知的な痴的な教養講座』集英社1990年／集英社文庫1992年）
内臓料理「週刊プレイボーイ」1989年4月11日（『知的な痴的な教養講座』集英社1990年／集英社文庫1992年）
魚心あれば「週刊プレイボーイ」1989年6月6日（『知的な痴的な教養講座』集英社1990年／集英社文庫1992年）

※開高健全集（新潮社1991〜1993年）に収録のもの（＊）は全集、それ以外は初収を底本にしました。

本書は文庫オリジナル編集です。

適宜ルビを付け、明らかな誤字・誤植は正しました。

本文中、今日から見れば不適切と思われる表現がありますが、書かれた時代背景と作品の価値を鑑み、底本のままとしました。

◎編集協力　金丸裕子

魚心《うおごころ》あれば
釣《つ》りエッセイ傑作選《けっさくせん》

二〇二二年 七 月一〇日 初版印刷
二〇二二年 七 月二〇日 初版発行

著 者 開高健《かいこうたけし》
発行者 小野寺優
発行所 株式会社河出書房新社
〒一五一－〇〇五一
東京都渋谷区千駄ヶ谷二－三二－二
電話〇三－三四〇四－八六一一（編集）
〇三－三四〇四－一二〇一（営業）
https://www.kawade.co.jp/

ロゴ・表紙デザイン 粟津潔
本文フォーマット 佐々木暁
本文組版 株式会社創都
印刷・製本 凸版印刷株式会社

Printed in Japan ISBN978-4-309-41900-8

魚の水(ニョクマム)はおいしい

開高健　41772-1

「大食の美食趣味」を自称する著者が出会ったヴェトナム、パリ、中国、日本等。世界を歩き貪欲に食べて飲み、その舌とペンで精緻にデッサンして本質をあぶり出す、食と酒エッセイ傑作選。

瓶のなかの旅

開高健　41813-1

世界中を歩き、酒場で煙草を片手に飲み明かす。随筆の名手の、深く、おいしく、時にかなしい極上エッセイを厳選。「瓶のなかの旅」「書斎のダンヒル、戦場のジッポ」など酒と煙草エッセイ傑作選。

みんな酒場で大きくなった

太田和彦　41501-7

酒場の達人×酒を愛する著名人対談集。角野卓造・川上弘美・東海林さだお・椎名誠・大沢在昌・成田一徹という豪華メンバーと酒場愛を語る、読めば飲みたくなる一冊！　特別収録「太田和彦の仕事と酒」。

居酒屋道楽

太田和彦　41748-6

街を歩き、歴史と人に想いを馳せて居酒屋を巡る。隅田川をさかのぼりはしご酒、浦安で山本周五郎に浸り、幕張では椎名誠さんと一杯、横浜と法善寺横丁の夜は歌謡曲に酔いしれる——味わい深い傑作、復刊！

天下一品　食いしん坊の記録

小島政二郎　41165-1

大作家で、大いなる健啖家であった稀代の食いしん坊による、うまいものを求めて徹底吟味する紀行・味道エッセイ集。西東の有名無名の店と料理満載。

パリっ子の食卓

佐藤真　41699-1

読んで楽しい、作って簡単、おいしい！　ポトフ、クスクス、ニース風サラダ…フランス人のいつもの料理90皿のレシピを、洒落たエッセイとイラストで紹介。どんな星付きレストランより心と食卓が豊かに！

魯山人の真髄

北大路魯山人　41393-8

料理、陶芸、書道、花道、絵画……さまざまな領域に個性を発揮した怪物・魯山人。生きること自体の活力を覚醒させた魅力に溢れる、文庫未収録の各種の名エッセイ。

自己流園芸ベランダ派

いとうせいこう　41303-7

「試しては枯らし、枯らしては試す」。都会の小さなベランダで営まれる植物の奇跡に一喜一憂、右往左往。生命のサイクルに感謝して今日も水をやる。名著『ボタニカル・ライフ』に続く植物エッセイ。

香港世界

山口文憲　41836-0

今は失われた、唯一無二の自由都市の姿――市場や庶民の食、象徴ともいえるスターフェリー、映画などの娯楽から死生観まで。知られざる香港の街と人を描き個人旅行者のバイブルとなった旅エッセイの名著。

終着駅

宮脇俊三　41122-4

デビュー作『時刻表２万キロ』と『最長片道切符の旅』の間に執筆されていた幻の連載「終着駅」。発掘された当連載を含む、ローカル線への愛情が滲み出る、宮脇俊三最後の随筆集。

汽車旅12カ月

宮脇俊三　41861-2

四季折々に鉄道旅の楽しさがある。１月から12月までその月ごとの楽しみ方を記した宮脇文学の原点である、初期『時刻表２万キロ』『最長片道切符の旅』に続く刊行の、鉄道旅のバイブル。（新装版）

ニューヨークより不思議

四方田犬彦　41386-0

1987年と2015年、27年の時を経たニューヨークへの旅。どこにも帰属できない者たちが集まる都市の歓喜と幻滅。みずみずしさと情動にあふれた文体でつづる長編エッセイ。

HOSONO百景

細野晴臣　中矢俊一郎〔編〕　41564-2

沖縄、ＬＡ、ロンドン、パリ、東京、フクシマ。世界各地の人や音、訪れたことなきあこがれの楽園。記憶の糸が道しるべ、ちょっと変わった世界旅行記。新規語りおろしも入ってついに文庫化！

ちんちん電車

獅子文六　41571-0

品川、新橋、銀座、日本橋、上野、浅草……獅子文六が東京を路面電車でめぐりながら綴る、愛しの風景、子ども時代の記憶、美味案内。ゆったりと古きよき時代がよみがえる名エッセイ、新装版。

狐狸庵人生論

遠藤周作　40940-5

人生にはひとつとして無駄なものはない。挫折こそが生きる意味を教えてくれるのだ。マイナスをプラスに変えられた時、人は「かなり、うまく、生きた」と思えるはずである。勇気と感動を与える名エッセイ！

夕暮れの時間に

山田太一　41605-2

十一歳で敗戦をむかえ、名作ドラマの数々を世に届けた脚本家は現在の日本で何を見、何を思っているのか。エッセイの名手でもある山田太一がおくる、心に沁みる最新エッセイ集。語り下ろしインタビュー付。

正直

松浦弥太郎　41545-1

成功の反対は、失敗ではなく何もしないこと。前「暮しの手帖」編集長が四十九歳を迎え自ら編集長を辞し新天地に向かう最中に綴った自叙伝的ベストセラーエッセイ。あたたかな人生の教科書。

『FMステーション』とエアチェックの80年代

恩藏茂　41838-4

FM雑誌片手にエアチェック、カセットをドレスアップし、読者欄に投稿――あの時代を愛する全ての音楽ファンに捧ぐ！　元『FMステーション』編集長が表も裏も語り尽くす、80年代FM雑誌青春記！